高銀詩選集

いま、君に詩が来たのか

金應教編
青柳優子・金應教・佐川亜紀訳
解説＝崔元植・辻井喬

藤原書店

日本の読者へ

変だ。私はこの序文から遠く離れてしまいたい。

いつだったか、スペインで話したことがある。「ある王の宣布によれば、スペイン語は神との対話に使われる言葉だということでした。ならば、韓国語は魂との対話に使われる言葉でありましょう」と。

あの世の魂をこの世に呼び出す時、この世の執着から抜け出せない魂をなだめて送り出す時、韓国語はその鎮魂の叙述を通してより一層切なるものとなる。

私の詩もまた何か鎮魂の言語であることを願っている。だから、韓国語の宿命の中で生まれた私の詩が一つの魂として彷徨うことを夢見ぬわけにはいかない。

韓国語の海の向こうに日本語があること、中国語があること、そしてベトナム語がある幸福と、それらの言語の境界を越える幸福で私は独りではない。

こういう私の言語が日本語の友情によって新しく生まれたことは詩の行路をあらためて悟らせる。なぜなら、詩はあるところから他のところへ行くことを詩自身の生としているからだ。そうだ。詩がある国の響きなら、その響きはやがて他国の旅人になるのだ。今なおあのシュメール時代の詩が今日の旅人として生きている事実と違わないように。

ここで二人の顔が思い浮かぶ。

昨年他界した鶴見和子女史に生前会えなかったことが非常に悔やまれる。その方の訃報に接し、遠方より深い哀悼の意を表します。

ところで、私は今まるでその方と一緒に座っているかのように、部屋の中に何か紅潮のような精気を感じている。その方は生きている！

もう一人は何年か前に他界したピエール・ブルデューだ。彼の乾いた笑いとその表情の寂しさが、私の目の前にいるようだ。

私は彼が韓国に来た時に一緒にいた。その時、彼は詩が私へ来るのに気づいた。次の詩が、その時のことを描いている。

「君に詩が来たか」という詩だ。

胸　開いた　肺が出てきた　ホカホカの心臓が出てしまった
息は　千年前の未来
しっかり隠れた
千年後の過去
これらがムクムクと湧きあがり
今日の素顔を作りだす
陽炎
かげろうのメスよ

発題　そして貧弱な討論

二〇〇〇年は二十世紀なのか　二十一世紀なのか
二〇〇〇年の初夏
慶州《キョンジュ》普門湖《ボムンホ》の一隅
ホテルの食堂で
私は桜の間から湖水を見ていた
水はあまりに多くの虚偽に
取り囲まれていた

いまからアメリカ帝国主義と闘うために
一緒に組もうと

ブルデューが私に言った

彼は私より三歳上
私よりもっと少年だったし
私も尻馬に乗って少年だった

水は　水中の短い生と死に
知らぬふりをしている

フランスの過去と
韓国の現在が一塊りとなって
今日の顔を作りだす

おお　偶然の絶対

その時

ガラス窓の外に
一羽の四十雀が飛んでいった
（雀ではなく四十雀だろう）
私の視線は
熱い帝国主義をそのままにして
その鳥
その鳥の刹那に生け捕りにされた

ブルデューが尋ねた
いま　君に詩が来たのか
と
（鳥が飛んでいったから間違いなく君に詩が来たはずだ）

私は窓の外の湖水の中から

いま　噴き上がり
長い間こらえていた息を噴きだした
私は濡れた盲目の人となって答えた

そうだ　詩が来た
と

二つは一つになってわっはっはと笑った
泣くと
一つは顔と首の皺がひどく多かったし
一つはてんで目がなかった

ブルデューはその足で日本に渡り
藤原書店主催の記念講演をしてパリに帰っていった

しばらくしてこの世を去った
私は藤原書店のブルデュー・ライブラリー十四巻をあれこれ見た
その後　デリダとサイードの弔辞を読んだ
静かに　また詩が来た

（青柳優子訳）

高銀詩選集　いま、君に詩が来たのか　目次

高銀詩選集　いま、君に詩が来たのか

オルハン・パムクが描いた高銀

Ⅰ 彼岸感性

一九六〇年代

歌

歌え
きのうの歌は　今日の死だ
歌え
今日の歌は　明日だ
歌には　どんな歌にも
革命が入っている　歌え

『彼岸感性』（一九六〇年）

詩人の心

詩人は　窃盗　殺人　詐欺　暴力
そんなものの犯罪のすき間に挟まれて
この世界の一角に生まれた
詩人の言葉は　清渓川《チョンゲチョン》　昌信洞《チャンシンドン》　鍾三《チョンサム》（1）　山トンネ（2）
そんな所の悪口や卑語のすき間に挟まれて
この社会の一時代を引き受ける

詩人の心は　すべての悪と虚偽のすき間からにじみ出た
この時代の真実　たった一つの声を作る
そしてその心は
ほかの心に叩かれて死ぬ

詩人の心は　きまって不運だ

『彼岸感性』（一九六〇年）

（1）清渓川・昌信洞・鍾三　ソウル中心部。鍾三は、鍾路三街の略。
（2）山トンネ　土地の高い所にある庶民的な町のこと。

泉隠寺《チョヌンサ》(1)の韻

彼らだけで暮していたよ

谷間の下にも上にも
彼らの魂が浮かんで
風に聞こえていたよ

彼らは松風の中
空《から》の山腹

この秋　岩を選んで
泣く軒先
庭に落ちる風鐸の音に

彼らだけで暮していたよ

今　帰って来て一度忘れた後
また行きたい
彼らの魂が風に吹かれる山腹
彼らは暮していたよ　彼らは暮していたよ

『彼岸感性』（一九六〇年）

（1）泉隠寺　智異山《チリ》にある名刹。智異山は最高峰一九一五メートルの連峰で、古代から霊山として神聖視されている。

肺結核

一

姉さまが来て枕元に座り
わびしいパス・ハイドラジット[1]の瓶の中に
沈殿した情緒を見ている
庭先の木蓮が割れている
一度の長い息が窓越しの空にすり切れてしまう
今日　悲しい一日の午後にも
肋骨でときめく神様が

どこかはるか遠くへ行く
今は鏡に込められた祈禱と
鳥肌さえ乾いてしまった顔
このようにすべて恐ろしい
咳は姉さまの姦淫
ひとときのシルク色の恋愛にも
わが悩ましき掛け布団の日曜日を
姉さまがあんなに見ている
いつも来るものはなく離れていくものだけ
姉さまがチマの端をいじりながら
化粧した顔の汗をぬぐう

二

兄嫁は兄の話をしてくれる
兄嫁の捨ておかれた乳房を吸いながら
故郷の屏風の下に埋める
その方よりも先に知っている兄の半生
私はいっそ知らぬふりをして目をつむる
いつも旗の下にいる英雄がまぶたに浮かび
その英雄を眠らせる美人がまぶたに浮かび
兄嫁に広い農地について知らぬふりをする
私が創りあげたことは誰が引き継ぐのか
寂しくうなじに溶けていく
目元のかげりをぬぐってその方は私を見る
小さなカナリアが吐いたほどの血球を舌に転がしながら

眠たくなるほど夜が更ける
私には眠ることだけが生きることだ
そして兄の生前を忘れなければならない
どれほどたくさんの終わりがまた一つ過ぎ去るのか
兄嫁は夜の台所のランプを
私の咳音に預けてゆく

『彼岸感性』（一九六〇年）

（1）パス・ハイドラジット　「パス（ＰＡＳ）」はpara-aminosalicylic acidの略字で、結核薬である。

雪　道

今　眺めるだろう
過ぎたものがすべて覆われている雪道を
冬中　さすらって来て
ここ見慣れぬ土地を眺めるだろう
私の心の中に初めて
雪が降る風景
世の中は今　静まり返り黙考している
通り過ぎたどの国にもなかった

ときめく平和として覆われるだろう
眺めるだろう　あらゆることの
見えない動きを
雪が降る空は何なのか
降る雪の間で
耳を澄まして聞こえたのは大地の告白
私は初めて耳を持ったのだ
私の心は　外は雪道
内は闇なのだ
冬中　世をさすらってから
今やっと偉大な寂寞を守ることで
積もった雪の前で
私の心は闇なのだ

『彼岸感性』（一九六〇年）

＊付記　『現代文学』一九五八年一一月号に「春の夕べのお話」「泉隠寺の韻」「雪道」など三つの作品が徐廷柱（ソ・ジョンジュ）詩人の推薦を受けて発表された。デビュー作として最初の詩集『彼岸感性』に収録されている。

秋の正座

これは私が座っているということか
外の世界には雪が降るのか
目張りを眠らせ
心を眠らせ
『金剛般若波羅密経』を眠らせる

『海辺の韻文集』（一九六六年）

喀血

一

ああ　暮れる前に歌おう
つらさを
また初雪を歌おう　初雪はあの世の姉だ
一羽の夜鳥になって
日中いっぱい歌おう　夜はこの世の母だ

二

いくら眺めても昨日の空にすぎず
あの空では
雪が降って　私の胸には雪が積もる
ああ　暮れる前に歌おう　一人もつらければ皆もだ

三

ああ　暮れる前に歌おう　暮れる前に歌おう
私は　誰にも愛されず
ただ　心奪われた山を見ながら空山《から》を愛した
ああ　初雪が降るから歌おう　歌って倒れよう

『海辺の韻文集』（一九六六年）

愛馬ハンスとともに

今日の夜明けモロコシの葉みたいな服をぱさっとひっかけ
私は四歳馬のハンスに乗ってやたらに走った
最初の豆畑　穀物を刈り取った空っぽの畑には立ち止まらない
私が走る時　馬が先に水の向こうの鐘の音を聞いた
そして私の耳は馬の耳につながってかすかに聞いた
まだ朱紅の花靴を自分の胸に抱いて私の一人娘は息を弾ませるだろう

私が帰って来て　お前が乙女になっていればハンスが一番驚くだろう

いつのまにか私たちは白い帯のような道を走るね
手綱をたぐり寄せなくても
ハンスは私の心をもう分かっている

夜明けの道には残った秋の跡があちこちに眠っていた
心静める大気だけがキャベツ畑を覆って夜が明けたね

わざわざ一人娘を置いて走る　幼い頃　村で盲人が歌った歌と
台湾までは二日なら行く海とコウモリたちと……
私のハンスはそんなことを私に与えながらたてがみを立てて走る

どこに行くのか　私の両足を馬のわき腹に任せるだけ
するとハンスは夜明けの夢が主人のために途切れたとぐずぐず言いかける

何十年間　農夫は畑にいるけれども夜明けの畑だから空っぽだ
去年の夏の夜　深夜　熊星座の下にハンスは止まる
私は前のめりに胸を押されてから降り　鞍は温かいまま待つだろう

しかし蝿がかじって食べた傷跡だらけのハンスよ　私たちはすぐ帰ろう
もう片方の靴が胸から下ろされて
一人娘が目覚めてがっかりした朝だね
ここでちょっと止めよう
ちょっと止める所もだいじな所じゃないか

『海辺の韻文集』（一九六六年）

私の妻の農業

もう日が暮れる。夕暮れに腹をすかせた働き手たちが帰って来る。

どんな盲人も目を開かせる。草地で追って来た隣家の牧牛は　長い口一杯にむなしい反芻をする。

そいつは主人の過ちをいつまでも心配する時もある。

私は晩婚だったが、その始め　青果市場に荷物を降ろして来た時　まだ妻は野から帰らなかった。私は美濃大根でつけたカクテギと冷えたご飯を食べるだろう。そして紅茶を飲むだろう。

初産の娘の名札は妻の腰にぶら下げておこう。

ロシアの父称を入れないつもりだ。もう海は満潮だろう。

妻のタオルを脱いだ夜明けの頭からこの世界は暗くやって来る。やがて彼女が遠い野道を渡って来る時、我が国の流星がその上に流れる。私はどんな意味もない願いを一歩遅れて表す。妻の手足はどんなにあかぎれただろう。今日市場で神みたいな化粧用クリームを買って来た。これから私が探す妻の胸は恐れ多い内室にある。

ただ口をつぐんで出産を待つだけ　野良仕事をする妻がどこにも去ることないように高い木に祈る。

ずっと遠くから　未婚の奇蹟の声が聞こえる。今　妻は一方の耳で身震いしながら小さな門を開く。ぶらんこの姿は私が果てしなく喜ぶから見えない。もう海は満潮だろう。

『海辺の韻文集』（一九六六年）

II 文《ム》義《ニ》村《マウル》に行って——一九七〇年代

蟾津江《ソムジンガン》(1)にて

日暮れの川をごらん　たそがれの川の流れをごらん
私が呼べば近くの山々は降りてきて
もっと近い山になり
川の上に浮ぶが
また　あの老姑壇《ノゴダン》(2)の頂が浮ぶこともある
だが　川は暗くなるほどひとり流れるだけ

日暮れの川をごらん

私はここに立って
山が川とともに暮れてゆくのと
さらには川がひとりで
華厳寺《ファオムサ》(3)の覚皇殿《カクファンジョン》(4)一軒を載せて流れるのを見る

日暮れの川をごらん
川の上に寺を建てて
そこに死んだものたちも帰って来て
一緒に暮れてゆく川をごらん
川は流れながら深くなる
私はここに立って
川が山を捨てて
また　大きな寺を捨てるまで

日暮れの川を休まず見るだけ

今は生きたものも死んだものも同じで
川は求礼《クレ》(5)　谷城《コクソン》(6)の女たちの声を出す
そして川沿いの闇を目覚ませたり
もとに帰って
はるか遠くの老姑壇の頂も目覚ます
目覚めているものは
このように暮れてゆくのだなあ
ごらん　永劫の煩悩があるならば暮れゆく川をごらんよ

『文義村に行って』（一九七四年）

（1）蟾津江　智異山近くを流れる川。
（2）老姑壇　高さ一五〇七メートルで、智異山の三大頂上の一つである。
（3）華厳寺　智異山にある名刹。統一新羅時代、華厳宗開祖の十刹の一つに数えられた。
（4）覚皇殿　華厳寺の中にある伽藍。国宝。現存する木造仏殿の中で最も規模が大きいものの一つ。
（5）求礼　全羅南道求礼郡。
（6）谷城　全羅南道谷城郡。

文義村《ムニ》(1)に行って

冬　文義村に行ってみた
そこまでたどりつく道は
いく筋もの道をやっと合わせて一つにしたものだった
死は死ほど
この世の道が神聖になるように願う
枯れた音へ一回ずつ耳を澄ませて
道はそれぞれ寒い小白山脈《ソベク》(2)の方へ伸びるんだなあ
しかし貧富に染まった人生は道から帰って

寝入った村に灰を飛ばして
ふと腕組みして立ってこらえれば
遠い山がとても近いんだなあ
雪よ　死を覆ってまた何を覆うのか

冬　文義村に行ってみた
死が人生をぎゅっと抱きしめたまま
一つの死を墓で受け取ることを
最後までこらえにこらえた
死はこの世に生きている人々の気配をうかがって
少し行って後を振り返る
去年の夏の芙蓉花のように
峻厳な正義のように

すべてのものは低く
この世に雪が降って
いくら石を投げても死に当たらない
冬の文義よ　雪が死を覆ってしまえば私たちみなすべて覆われてしまうのか

『文義村に行って』（一九七四年）

（1）文義村　忠清北道の清原郡にある村。今は大清ダムに沈んでいる。
（2）小白山脈　韓国南部の山脈。

投網

近頃　私には悲劇がなかった
どうしようもなかった
それで夜明けごとに
東海いっぱいに網を投げた
はじめて何度かはいわゆる虚無を釣り上げただけ
私の網から夜明けの水滴が発電した
まっ暗な口笛の音
私の手が燃え　私の全身が燃えた

しかし　夜明けごとに網を投げた
やがて　東海全部をすっぽり釣りあげ
東海岸の長い綱にイカを干した

韓半島よ　いくら貧しくても私のイカを売らないでくれ

『文義村に行って』（一九七四年）

三四更《こう》(1)

千万無量の暗い夜中
ひとり泣き叫んで
一輪の花は咲きます
その横で
赤い一輪の花も唖《おし》となって咲きます

『文義村に行って』(一九七四年)

(1) 三四更　昔の時間単位。午後十一時から午前三時まで。

休戦線のあたりで

北韓(1)の女人よ　私がコレラとして
そなたの肉の中に入って
そなたとともに死んで
一つの墓に入って　我が国の土になろう

（1）北韓　北朝鮮のこと。

『文義村に行って』（一九七四年）

矢

我らみな矢となって
全身で行こう
虚空をうがち
全身で行こう
行ったら戻ってくるな
突き刺さり
突き刺さった痛みとともに　腐って戻ってくるな

我らみな息を殺して　弓弦を発とう
何十年間　持ったもの
何十年間　享受したもの
何十年間　積み上げたもの
幸せだとか
何だとか
そんなものすべて　ボロとして捨て
矢となって　全身で行こう

虚空が大声を上げる
虚空をうがち
全身で行こう
あの真っ暗な真っ昼間　的が駆けてくる

やがて的が血を噴きながら倒れる時
ただ一度
我らみな矢となって　血を流そう
戻ってくるな
戻ってくるな

おお　矢よ　祖国の矢よ　戦士よ　英霊よ

『夜明けの道』（一九七八年）

ある部屋

明かりを消して
服を脱ぎ
私ら夫婦　裸でくっついて起きあがり
肉という肉　すべて溶けるまで
抱きしめた骨二本！

分断休戦線の夜を明かした骨二本！

『夜明けの道』（一九七八年）

III 祖国の星

一九八〇年代

そのお婆さん

何年か前の冬のことでした　家の前にある山峡で
泣き声がしくしくしく聞こえました
近づいて泣くお婆さんをなぐさめました
女中として他人の家で暮らし　泣くところもなくて
ここに出て来て一人で泣いていたのです
ちょうど昨日が死んだ夫の命日なのに
一膳の飯も供えられず夜を明かして
今朝　泣くだけでもかりそめの供養をするのです

私なら　とんでもない話でも一層慰められますが
泣くお婆さんに従って私の悲しみとともに泣きました

『祖国の星』（一九八四年）

ぞうきん

風が吹く日
風に洗濯物がはためく日
私はぞうきんになりたい
卑屈ではなく　ぞうきんになりたい
我が国の汚辱と汚染
それがどれほどか問うまい
ひたすらぞうきんになって
ただ一カ所でも謙虚に磨きたい

ぞうきんになって　私が監房を磨いていた時
その時代を忘れまい

私はぞうきんになりたいね
ぞうきんになって
私の汚れた一生を磨きたい

磨いた後　汚れたぞうきん
何回でも
何回でも
耐えられなくなるまで濯《すす》がれたいね
新しい国　新しいぞうきんとして生まれ変わりたい

『祖国の星』（一九八四年）

花《ファ》園《ウォン》（1）

囚人が八千人を超え　これも東洋一の自慢でした
また無期囚が多いことも自慢でした
八百人もいたからです
十五年の長期囚千五百人もありふれた自慢でした
未決囚　懲役一年宣告を受けたやつに
ふん　それでも懲役なのか
無期囚のお殿様がおしっこするくらいの間だ

七人の死刑囚が並んでそっくり処刑された日
一日中吐き気がしました
生き残った者は翌日木さじ一つで血まみれの争いです
私もそれが見ものだと
すべすべした鉄格子越しに
下の組積(2)班の作業場を眺めます

思うに　これだけの大きさが世の中です
囚われた人の十年なのです
十年すでに暮らし　まだ十年残った長期囚よ
私も君に従い
越えられない白い塀と
その下の憎たらしいスズメノテッポウ草なんかを我が子と思い

沈む陽に感じることなどなく
なにもかも　懐かしさなんか捨て去って
私自身の中の民族に仕えます
順天《スンチョン》(3)の薛薫《ソル・フン》(4)！　君はどうですか
薛薫！　獄中生活をすれば誰でも偉大な者になるのが最も我慢できないで
　すね
君もそうでしょう　恥をさらしたいでしょう

『祖国の星』（一九八四年）

（1）花園　慶尚北道大邱広域市達城郡花園面。大邱矯導所がある。
（2）組積　建築で、煉瓦・石材・ブロックなどを積み重ねて作る構造のこと。
（3）順天　全羅南道の都市。ここに順天矯導所がある。

（4）薛薫（ソル・フン、一九五三〜）一九八〇年代、民主主義のために闘った活動家。後に国会議員になる。

港

私はどうしても港へ行かなければならない
見事に飛び交う鷗のためではない
夜の船の汽笛なんかで一晩中あちこちかき回すためではない
そんなことのためではない

第一埠頭から第九埠頭までとほうもないものが積まれていたよ
私はそれらを送り返すために港に行かなければならない
白いハンカチを振りながら去るのを送るために

私は港に行かなければならない

私たちにはあまりにも多くのものが滞留している
私たちにはあまりにも多くのものが駐屯している
いや　私たちにあまりにも多くのものが染みこんで自分の顔ではないのだ
君も私も変わったのだ　自分たちではないのだ
今　すべてのものが港から離れる日のために
私はうようよ湧いた堕落を超えて港に行かなければならない

見よ　港には入って来たものがあまりにも多い
それらは壬辰倭乱《イムジンウェラン》(1)よりも恐ろしい
日清戦争よりも恐ろしい
それらを拒絶するために

私はどうしても港に行かなければならない
明日も　また明日も
全身の四つの手足で拒絶しなければならないものが
今日も水平線の上に押し寄せて来ている
私は港に駆けつけなければならない
傷ついた身を起こし　港に行かなければならない

『祖国の星』（一九八四年）

（1）壬辰倭乱（一五九二〜一五九八）　日本では「文禄・慶長の役」と言う。韓国では「壬辰倭乱」と言う。文禄・慶長の役は一五九二年（文禄元年）から一五九八年（慶長三年）にかけて行われた豊臣秀吉が主導する遠征軍と李氏朝鮮および明の軍との間で朝鮮半島を戦場にして行われた戦闘の総称である。

白樺林に行って

広《クァン》恵《ヘ》院《ウォン》梨《イ》月《ウォル》村から七賢山《チルヒョンサン》の麓にいたる前
うっかり私はわけもわからぬ　広々とした白樺の盆地に入っていった
誰かが行けと背中を押したのか　私は振り返ってみた
誰もいない　ただ雪景色の見なれた遠い山に
何の関わりもなく　白樺林の裸身は
この世を正直にする　そうなんだ　冬の白樺林だけが堕落を知らない
哀しみには嘘がない　どうして生きていて泣かない人がいるだろう

長らくいつもわが国の女こそ泣き声だった　自らなだめてきた泣き声だった
白樺は白樺だけなのに　訪ねてきた私まで一つになる
誰でも　みんなここに来られなくても　ここに来たのと違いなく
白樺は来られなかった人　一人一人とも　一緒であるかのように美しい

私は木と枝と深い空の梢の震えを見て
自分自身にも世間にも得意になって　重いたきぎを背負いたかった
いやこんな寒い所に　ひっそりと生まれる芽や
三つ辻の飲み屋の煮肉のように　おとなしくありたかった
あまりに教条的な人生だったので　そよ風に対しても荒々しかったので

何年ぶりだろう　こういう所こそ　私たちにとって　十余年ぶりに強烈な所だ
強烈な　この敬虔さ！　これは私一人にではなく

世の中全体に向かって語っていることを　わが溢れる胸はすでに知っている
人々も自分がすべての一つ一つの一つであることを　悟る時がくる
私は幼い頃すでに老いぼれてしまった　ここに来て再び生まれなければならない
そうして　いま私は白樺の天与の冬とともに
噛んで食べてしまいたい麗しさに浮き立ち　よその家の幼いひとり子として育つ
私は広恵院へと下りていく道を背に　北風の吹く七賢山の険しい路へためらわず向かった

『祖国の星』（一九八四年）

リレー

わけなく簡単にぼくの歳が四十は減らせる日
万国旗がひるがえる小学校の運動会の日
こんな日　最後の種目
リレーが一番良かったよ
一周歓呼の声に包まれて回って
力の限り回ってから
自然にバトンを渡すのが良かったよ
未練なく渡して解放されるのが良かったよ

その後
次の走者が全身で受け継いで一周走るのが良かったよ
こんな日　どこにほかに悲しい子供がいるのか

歴史とは何なのかと君がたずねたら
それはまさにリレーのバトンを引き継ぐことだ

歴史のバトンを次に引き継ぐことができない民族はどこにいるのか
そいつらは未開だね
そいつらは未開だね

『祖国の星』（一九八四年）

お父さん
子供達の口にご飯が入って行くこと　極楽だね

『行くべき人』（一九八六年）

内蔵山《ネジャンサン》(1)

病んだ弟よ　来年　紅葉を見て死になさい

『行くべき人』(一九八六年)

(1) 内蔵山　全羅北道と南道の境にあり、一四の岩峰が連なる、奇岩、絶壁、渓谷の美しい韓国八景の一つ。特に登山道の入口から五〇〇メートル続く道は、秋には紅葉のトンネルとなり、ハイカーや内蔵寺を訪れた人を感嘆させる。六三六年創建の内蔵寺も見どころ。

通り過ぎながら
おじぎをしたい　夕方の煙が深く立ちこめている遠い村

『詩よ　飛んで行け』（一九八六年）

夜明け

彼がいつも先だった
薄暗いころから
通りのごみを掃いていた
彼らが先だった
工場に行く彼らが先だった
始発の車はヒューヒュー走って行く
この時だけだ
一番良い時は夜明けだけだ

あいつらがまだ寝ているから　くたばっているから

『詩よ　飛んで行け』（一九八六年）

風の詩篇

微風

あのもみじの梢　一枝も身じろぎできない静けさよ
やがて　そよと
小さな葉に　ふれて
ああ　微風よ

久しく　おまえに気づかずに生きてきたなあ

対話

風が人になる時がある
彼と一緒に話したい時がある
人と人の間
暗い時

そこに風が吹く

高圧線

追われる青年よ
遠く遠く伸びた高圧線を張って叫ぶ　風の音を聞きながら
追われ追いかけられる青年よ
この時代のお前であってこそ名誉ではないか

台　風

同志台風よ
君が来るから
この国が声大きく力強いんだろう
この国の二弦楽器なんか葬って声大きく力強いんだ
同志台風よ　固い絆の台風よ

感謝

美しさより　まず
思想より　まず
私たちが感謝しなければならないものは
なんといってもあの風だ

あの風に白い洗濯物がはためくのをごらんよ

『君の瞳』（一九八八年）

乞食

いっさいを略してしまったこの単純を
むやみに憐れまないでください
言葉も家も要らないこの単純を
ちえっ　舌打ちしないでください
そのようにして
宿命でも革命でも乞食を定義しないでください
今は学ぶ所がありません
おしゃべりな時代

乞食からもう一度言葉を学んでください
いや　乞食から死を学んでください

『私の夕べ』（一九八八年）

夕方の一杯

そもそも人が作ったものの中で
一番聖なるものが居酒屋ではありませんか

村と村の間
この居酒屋

苦々しい世の中　ただお酒だけが甘いのです
一杯　召し上がってください

もう一杯　召し上がってください

『私の夕べ』（一九八八年）

Ⅳ 涙のために

一九九〇年代

台風

台風が迫る
私は生きるため
本を捨てた
私の名前を捨てた
ワンワンワン　ほえる犬とともに
生きるために

ああ　はじめて自力の大地の上に私がいる

『涙のために』（一九九〇年）

老いたヴァン・カオ(1)

長く延びた国　ベトナム
ベトナム　ハノイの郊外
詩人であり
画家であり
作曲家であるヴァン・カオが暮している
七十歳のヴァン・カオ
長髪白髪のヴァン・カオ
目つきが力強くて　心はぽっかり空いていていてドキンドキンと音がする

幽閉生活の一日中
ウォッカに酔ってしまった
彼は指より
こぶしで
または　ひじででたらめにピアノ鍵盤を弾いて
雷音を爆発させる
どんな怒りの底か
どんな悲しみか

三十年戦争で生き残った
四百万人の戦死者の中で
彼は対仏抗戦でベトミンとして戦った
フランスの植民地監獄で

長い間ぱらぱらのグメ飯を食べた
彼はまた抗米戦争で北ベトナム正規軍として戦った

彼はベトナム国歌を作詞作曲した
彼はベトナム青年たちに革命の詩を歌った
彼は絵を描いた
彼はお酒を飲んで大声でさわぎわめいた
ヴァン・カオ
彼はアジアで
世界で
一番強烈な芸術家だ

安物のウォッカの瓶を傾けた

ドン！　ピアノ鍵盤が彼のひじに驚いた
ああ　ベトナムは生きている
老いたヴァン・カオによって　ヴァン・カオの力によって
枯葉剤の奇形児
一つの脊椎に二つの体が付いていて
頭と手足それぞれ四つ付いている奇形児
その奇形児の国は生きている

『涙のために』（一九九〇年）

（1）ヴァン・カオ（Van Cao, 一九二三〜一九九五）ベトナムの音楽家。ヴァン・カオによって作詞・作曲された「進軍歌」は、一九四四年の革命気運の中で生まれ、その後、ホーチミンの提案でベトナム国歌に選ばれ、一九七六年ベトナム国会が、歌詞に多少の変更を加え、引き続き、ベトナム社会主義共和国の国歌として公認。

死体の横で

たった今息を引き取った
私は彼の胸に手を置いた
心臓の搏動が止まって
実に静かだった

死んだ人の全身が静かだった
ここで学びなさい
静かな月夜

戸を開けた　ちょうど満月が浮かんだ
犬もほえない
ここで学びなさい

泣くのはずっと後にしなさい

『涙のために』（一九九〇年）

警　告

今　四億のアジア、アフリカの人々が
お腹をすかせている
つぶさに見なさい
あのお腹がすいているバングラデッシュの人々
あのカメルーンの人々
彼らこそ
人類の最後の姿だ

ヤンキーよ
ヤンキーよ
チョッパリ（日本人）よ
あれが君たちの姿であるとなぜ分からないのか
明日
明日はヤンキーよ　君がカメルーンになりなさい

『涙のために』（一九九〇年）

ゴリアテ・クレーン

彼らは八四メートルの空中で浮かんでいた
蔚山《ウルサン》(1)現代重工業労組の一二〇人余りが
そのゴリアテ・クレーンの上で
二日後にメーデーの記念式をした
あっさりと
あっさりと
しかし一番悲壮に

後日　子供たちから悪い事をしたんだと
言われないように
何度も誓いながら
あっさりと

それから一人ずつ何人かずつ降り
米が切れる
ラーメンも切れていった
真夜中　ぶるぶる震えた
しかし星を眺めて
ヘルメットを目深にかぶって夜を明かした
残ったラーメンも下に投げてしまった

一人二人と倒れて行った
一日がたった
また一日がたった
しかし彼らは空中で浮かんでいた
地上では
足を踏み鳴らし
彼らが理念だった　故郷だった
誰も彼も二つの拳をぐっと握った

老いた母が降りなさいと叫んだが
空中で座り込みの息子は返事をしなかった
下から　のり巻き・ヤッパッ・ソンピョン(2)などを送ろうとした
それを断った

いよいよ飲み水まで捨てた
ああ　断食しか残っていなかった

十三日が流れた
五月十一日
最後まで残った五一人が降りた
ゴリアテの座り込みが終わり
彼らは病院に移送された
彼らは監獄へ
どこかへ行くのだろう
しかし

しかし彼らはまだそこにいる

八四メートルの空中で
いつまでも
そのまま浮かんでいる

この地のどこにも
この地上のどこにも終わりがない
彼らはそこにいる
蔚山現代重工業労組の戦いがそこにある

『涙のために』（一九九〇年）

（1）蔚山　韓国東海岸の大工業都市。
（2）ヤッパッ・ソンピョン　韓国の伝統的なお餅。

文字

文字とは何か
ある日　私は
文字こそ地獄だと答えた
アフリカのピグミー族の子供達
木の葉の穴蔵の内から
一文字もなしで出る
ある日　私は
ピグミー族の子供達こそ地獄だと答えた

その子供たちは無学文盲のために地獄で
私は万巻の本のために地獄だ
この世の中でニルバーナ(1)を言う者を追放してしまえ

『海金剛』(一九九一年)

(1) ニルバーナ〔梵 nirvana〕涅槃《ねはん》(煩悩を断じて絶対自由になった状態、仏教における理想、悟りの境地)。

流星

そうだ　君が私を分かってくれるね

『禅詩　何か』（一九九一年）

酔っ払い

俺はただ一度も個体ではなかった
細胞六十兆！
俺は全部で暮している
千鳥足　ばかなまねをしてるね
酒に酔った細胞　六十兆！

『禅詩　何か』（一九九一年）

ふくろう

真昼のふくろう
目をむいて
何も見られない
待ちなさい
君の夜が来る　必ず

『禅詩　何か』（一九九一年）

アオガエル

一匹のアオガエル
君が鳴いて
空いっぱいに雨雲が集まって来る
さすが天下壮士だね
こいつめ

『禅詩　何か』（一九九一年）

私の略歴

時々私は夢見る
インド洋の上　ペリカンが遠くへ飛んだ後
私は夢見る
私の故郷でお父さんがそうだったように
日が暮れた後　光が消えてしまった闇の中で
私は夢見る
夢見てから覚めて
ビュービュー風に泣く電線のように生きている

今まで私は夢さえ追い払った
夢の中でも
夢を退けようともがいた

こうなったら
いかなる空想も
一時代を主導するいかなる想像さえも
私は追い払った
あることはただあることそれだけ

私は見た
夜の海の燐光の明りがきらめくのを

私は見た
波の白い歯さえ
闇の中にうずまる時
やっときらめくのを

あることはただあることそれだけ
赤ん坊と母の間のように
そんなにもひとつの燐光の明りで
きらめいて隠れてしまうのを
私は見た

今　私は夢を受け入れる
あることそれだけではなく

私は夢見る
昨日は
今日ではなく
今日は
明日ではなく
ただ私は明日を夢見る
おお　大地はあらゆる体験の墓だ

『明日の歌』(一九九二年)

新しい本はどこにあるのか

万巻の本よ
酒一杯くみ交わさずに
お前を捨てる
通りにはごみが散らばってひっそりとしていないね
お前を捨てる
万巻の本よ
いいや　ちがう

いいや　ちがうと抗議したけれども
お前と私の間
その不和より愚かな平和が来て
お前を捨てる

ついに啞《おし》の昼月の忍耐の下から
私は去る
今までの本ではない
新しい本のために
私は去る
何回でもお前を捨てて
どこか
どこか

新しい知恵の地獄のために
私は去る

『明日の歌』（一九九二年）

ある喜び

今　私が思っていることは
世界のどこかで
誰かが思ったこと
泣かないで

今　私が思っていることは
世界のどこかで
誰かが思っていること

泣かないで

今　私が思っていることは
世界のどこかで
誰かがちょうど思おうとすること
泣かないで

どんなにうれしいことか
この世界で
この世界のどこかで
私は無数の私によって作り上げられた
どんなにうれしいことか
私は無数の誰かと誰かによって作り上げられた

泣かないで

『まだ　行かない道』（一九九三年）

滝

滝の前で
私は滝の音をど忘れしてしまった　ハア
滝の音の真ん中で
私は滝をど忘れしてしまった　ハア
いつ私がこのように心から
ひとりだったことがあっただろうか

今日　滝の前で
何十年かぶりに私ひとりだった　ハア

『独島』（一九九五年）

窓辺で

これ以上何を望むのか

遠くがある
近くがある

『ある記念碑』（一九九七年）

その詩人

長い間　彼は詩人だった
子供たちも
奥さんたちも
彼を詩人と呼んだ
なるほど誰よりも
彼は詩人だった
豚と猪たちも
彼を詩人だとブーブー言った

彼は遠くに行き　帰る途中死んだ
彼のあばらやには一篇の詩も残されていなかった
詩を書かない詩人だったのか
それで一人の詩人が
彼の詩一篇を代わりに書いた
書くやいなや
その詩さえ風でさっと飛んで行った

すると何千年間の無数の古今東西の詩も猫も杓子も尻馬に乗ってヒュー
　ヒューと飛んで行ってしまった

『ある記念碑』（一九九七年）

小さな国々とともに

近代オリンピック創設　百周年でした
一九九六年夏　アトランタ夏期オリンピック
オリンピック会員国　一九七カ国すべてが参加しました
開幕式の前　参加国選手たちは
各々自国の国旗の後に従いました
ギリシャ国旗
ノルウェー国旗
アメリカ国旗

ドイツ国旗
フランス国旗
ロシア国旗
イギリス国旗
オーストラリア国旗
日本国旗
中国国旗
カナダ国旗などは見慣れていました
あ　太極旗を先に立たせた
韓国選手たちも太極扇子を持って入場しました
しかしアメリカ時間帯のＴＶでは
ちょうど韓国選手の入場光景を
コカコーラの広告で覆ってしまったと言います

ところで今度　参加国国旗の大部分が
初めて見るものであって
本当によく知りませんでした
すいませんでした
すいませんでした
そうした国の国旗に申し訳なかったです

その間　私たちはアメリカ国旗や
フランス国旗や
日本国旗だけおぼえていました
そしてこの世の小さな国
小さな国の国旗なんか知る必要もなかったのです

それではだめです
オートボルタ
トーゴ
たいまつの絵のザイール
ブルンジ
ボツワナ
マリ
こうした国と
こうした国の国旗とともに
私たちの太極旗も仲良くひるがえらなければなりません

いや、一九八〇年五月光州《クァンジュ》虐殺(1)当時には
一度も聞いたことがない

小さな国セイシェルでは
我が国を国とは認めないと宣言しました
その国の国旗とともにひるがえらなければなりません

今こそ私たちは大きい国も大きい国だが
この世界の小さな国々とともに
新しい愛を語らなければなりません
そうした国々とつらい夜を歌わなければなりません

アトランタ夏期オリンピック以後　私たちは悟りました
立ち後れた国　小さな国への無知と軽蔑こそ
大きい国への屈従であることを

『ある記念碑』（一九九七年）

（1）光州虐殺　一九八〇年五月光州において、民主化を求めるデモを当局が軍事力を行使して弾圧した事件。

ある労働者

珍しくも珍しいことだった
片目の彼は
レンガ一枚作るのに
三十分かかった
気に入らなければ
何度かまた作った
ジャンパーを着た社長が追い出した
彼は一人でレンガを作り始めた

そのレンガはよく売れた

珍しいことだった
彼はレンガ一枚積むのに
十分かかった
積んだ後
何度か首をちょっとかしげ
また積んだ
人足頭が追い出した

追い出された彼は
一軒の家を作って死んだ
所願成就

長い間　悪いことが起こらない家だった
珍しいことだった
珍しいことだった
彼はくぎを打ち込んだ
打ちこんだ後
永久に抜け出て来ないよう　また打ちこんだ
金槌はとても情が湧いた
誰かをほんとうに愛することができた

『ささやき』（一九九八年）

アレン・ギンズバーグ(1)

一九八八年夏
ソウルへ来たアレン・ギンズバーグが
私に言いました
いつか必ずゲーリー・スナイダー(2)に会いなさいと
それから　歳月が少し経ちました
一九九七年　十一月バークレーで

ゲーリー・スナイダーに会いました
彼が言いました
ずいぶん前　アレン・ギンズバーグが
韓国のあなたに会うように頼んだと

結局　死んだ詩人が
生きている二人の詩人を会わせてくれました
結局二人の詩人で足りなくて
死んだ詩人が
生きている二人の詩人の間に生き返りました
アレン・ギンズバーグの古いアコーディオンの音
それに合せて

二人の詩人は詩を朗誦しました
韓国語で
英語で
だから三人の詩人が一緒に朗誦しました

『ささやき』（一九九八年）

（1）アレン・ギンズバーグ（Allen Ginsberg, 一九二六〜一九九七） 一九五〇年代アメリカのビート・ジェネレーションを代表する詩人。一九二六年、ニュージャージー州パタースンに生まれ、コロンビア大学卒業後、詩を書くことを決意。その直後、ニューヨークにて、彼を麻薬へと導いたビート派の同志、ウィリアム・S・バロウズ、ジャック・ケルアックと運命的な出会いを果たす。権威的な社会と物質主義の圧迫、世界各地での放浪、セックス、麻薬による幻視体験、溺愛していた母親の死を通して「Howl（邦題「吠える」）」「Kaddish（カディッシュ）」を始めとする傑作が誕生。それらは、マッカーシズム、朝鮮、キューバ、ベトナムなど、第二次世界大戦後も止むことのない悲劇と、人類が目指すべき理想郷を同時に写し出した。彼が開拓した自由な思想は、六〇年代、ヒッピー・ムーヴメントへと派生。ギンズバーグ自身も詩の朗読でロック・フェスティバルに参加するなど、ベトナム反戦運動においても重要な先導役を果たした。その理由で彼は当時、CIAに監視されていた。その後も旺盛な執筆、朗読活動を展開したが、一九九七年に肝臓ガンで他界。

（2）ゲーリー・スナイダー（Gary Snyder, 一九三〇〜）一九三〇年五月八日、サンフランシスコ生まれ。オレゴン、ワシントンの森林地帯で少年時代を過ごす。リード大学で言語学、人類学を専攻。卒業後、きこり、山林監視員、水夫などに従事する一方、カリフォルニア大学バークレー校で、中国古典を学ぶ。一九五五年、ギンズバーグ、ケルアックらと出会い、仏教やヨガといった東洋思想を伝える。一九五六年、来日。通算八年間、京都の大徳寺などで臨済禅の修業を体験。禅のほかにヒンドゥー教、真言密教、アメリカ・インデアンの神話などに造詣が深い。一九五九年、最初の詩集 *Riprap* を発表。一九七五年に『亀の島』でピューリッツアー賞を受賞。一九九七年にはアメリカの詩人に授与される最高の栄誉とされるボリンゲン賞をイェール大学から授与された。

ヒマラヤの鶴

老いた風が吹く
長い時がたって
一羽の鶴が羽ばたく
他の鶴たちも羽ばたく
飛ぼう
飛ぼう
飛びあがろう

ついにチベットのチャンタン高原、高度五千メートルの広野
その真ん中
飛びあがろうと

その間　胴体の内臓という内臓は
減らせるだけ　減らしました
たぶん三分の二ほど
その間　胴体の骨の中まで
減らして
がらんと空けておきました

吹雪く前
その前　真夜中に寝るのも減らして

目を開けて寝て　目覚めました
どうしてそれだけでしょうか

一日中　息も減らして
ほんの少しだけ息を吸い込んで吐きました
最後の一息だけ　深く残しておいたまま

ついに飛びあがりました
飛びあがり
空を一回りし　上に向かって突き進みました
一万五千メートル上空
その酷寒の中

その暴風の中
ジェット気流に乗りました
南へ
南へ　空っぽの体を任せて飛んでいきました
いや
ヒマラヤ　カンチェンジュンガ八千メートル　その上
アンナプルナ第一峰　第二峰
その上を過ぎ
南へ飛んでいきました

ついに北インド　ビハール州の乾いた森のあたりに
一斉に下りてきて　休むため

あちこちに座りました
はじめは　お客さんでしたが
次には　ぎこちない主人でした
それゆえ　飛びたってきた
チベット　チャンタン高原が
帰っていく明日でありましょう

『ささやき』（一九九八年）

V ヒマラヤ詩篇

――二〇〇〇年代

ソウル峴底洞《ヒョンジョドン》101番地

ソウル特別市西大門区峴底洞101番地
ソウル拘置所
要監察63番
要監察1001番
要監察33番
要監察50番

就寝ラッパの音はうんざりするほど良かったし
起床ラッパの音はうんざりするほどいやだった

教務課の図書トルストイ全集第3巻の誤字は56ヵ所だった
豆ご飯の豆はアメリカの豆だった

第1審の反対訊問のある日は良かった
独立門を通って行き来し
独立門近くの本屋に陳列されていた女性雑誌の表紙
その女性こそ息詰まる実物で
求刑15年は夢だった

『南と北』(二〇〇〇年)

休戦線

過去五十五年間に感謝する
韓半島の休戦線六百里
その非武装地帯
昔の持ち主たち
寝て起きては地団駄踏んでやきもきした土地
誰も管理しない草
草虫たち
木

木々
動物たち　小さい生き物　細菌たち
君たちのためにどうか永遠なれ
休戦線

こちら側もあちら側も広げて行きなさい
休戦線
東北アジアの亡霊のような希望よ　ここに来い
広げて行きなさい
広げて行きなさい

『南と北』（二〇〇〇年）

東部ヒマラヤ

マカルー　八、四七五メートル
ローツェ　八、五〇一メートル
チョモランマ　八、八四八メートル
ヌプツェ　七、八七九メートル
ギャチュンカン　七、九二二メートル
チョーオユー　八、一五三メートル

これらをエベレストホテルの土壁の家で見た

ひと晩　休んでから
ディングリ
ルプン寺院
一二人の少年僧の頭を撫でてあげて
持って行った
ダライ・ラマ（1）の写真をあげた

息切れするパンラ峠
そこで幾重の山なみを越え
空の中の白い山々がまたつながっていた
七千メートル以上の峰四十以外にもまたつながっていた
下りて行こう

下りて行け
上ることは到底真理ではない

『ヒマラヤ詩篇』(二〇〇〇年)

(1) ダライ・ラマ(Dalai Lama) チベット仏教で最高指導者を示す称号。「ダライ」とはモンゴル語で大海を意味し、「ラマ」とはすなわち僧侶である。観音が造ったと言い伝えのあるチベットにおいて、観音の化身と見なされる、宗教的指導者であり為政者でもあった。現在はチベット亡命政府の指導者。代々予言に基づいた生まれ変わりの化身によって引き継がれて来た。現在の指導者はダライ・ラマ一四世。

髑髏《どくろ》の杯

師匠が
新たに得度した弟子に
一杯の水をくださった
髑髏の杯だった

師匠が一言付け加えられた
今日が最後だ
一杯《ひとつき》の酒を受けよ

髑髏の杯だった
数珠を一つ取り出された
髑髏の数珠だった
わが髑髏もこの世の悲しい日　杯になれば本望だろう

『ヒマラヤ詩篇』（二〇〇〇年）

カリブ海で

禿山の尾根のような国々の苦痛が分からぬけちくささで
自分の国の様々な苦痛ばかり
大声でしゃべって来た

『韓国通史』
『意味から見た韓国史』(1)
こうした本のふたをして去って来た

南アメリカ　コロンビア　カルタヘナ

赤道付近
私一人世の中から遠く離れ面目ない

世の中は進むほど　味気なくパサパサしている
ここは誰でも死ねばすぐぐにゃぐにゃに腐ってしまう所だ

あれほど長年の親友だった
水平線は偽りだ
すべての台風
すべての台風以前の微風
すべてを有する果てしない波の前で
私は旅行かばんを準備した

『置いて来た詩』(二〇〇二年)

（1）『意味から見た韓国史』 咸錫憲（ハム・ソクホン、一九〇一〜一九八九）の本であり、『苦難の韓国民衆史』（新教出版社、一九九二年）の書名で邦訳が出版されている。

瞬間の花

今日もだれかの話で一日を過ごした
帰って来る途中
木々が私を見ている

＊

一方の羽を失った

蠅がのそのそと這っている
今日も一日　すっかり過ぎて行く

＊

横になったらお仕舞だ
病んだ獣が
必死になって
立っている一日

今日もこの世の中のそんな一日だったんだ　淑《スク》よ

＊

櫓を漕いでいたのだが
櫓を落としてしまった

そのとき初めて広い水面を振り向いてみた

＊

夏休みの小学校の教室は静かだ
ある教室には
七音階の「ファ」音が
鳴らないオルガンがある

その教室には
四二年前にかけられた太極旗の額がある
またその教室には
その頃の
大胆な落書きが残っている
キム・オクチャの胸が一番大きい

＊

道のど真ん中
二匹の犬ころがくっついている

私は他の道へ入った

＊

娘に手紙を書く手の甲に
何のために舞い降りたんだい
この春　最初のお客さん
黄色い蝶よ

＊

この世の中とは

ここに蝶が遊び
あちらには蜘蛛の巣があるね

＊

精神病院は華やかだ
私は皇帝だ
私は陸軍小将だ
私は国連事務総長だ
私は歌手パク・フンアだ
私は神さまだ
私はミスコリアだ
私はタレントのキム・ボギルだ

精神病院は精神病院の別館だ

＊

半島はお客さんが来るところだ
お客さんが行くところだ
それで朝鮮半島の南側には
飲み屋がこんなに多いのか
飲み屋　その数　三百八十万あまり

＊

下りる時には見えた
上る時には見えなかった
あの花

＊

私の家の外にいっぱい
私の師匠だ
馬糞先生
牛糞先生

幼子　そばかす先生

＊

よくよく考えてみると
瞬間　瞬間　私は葬られてしまった
だから私は
たくさんの墓だ

そんなことをここに私がいると威張りちらしたのだ

＊

川と海を行き交い
暮すものたち
君たちが本当の勉強家だ
ウナギよ
カニよ

*

稲を植えた田で夜通し
群れた千匹の蛙がお働きになる

*

万物は歌い　そして話す
鳥は鳥の声で歌い
岩は沈黙で話す
私は何で歌って何で話すのか
私のカギャゴギョゴギョ(3)は何の寝言なのか

*

私は故郷で
祖国で
とても遠くへと去って行った人を尊敬する

一人で始祖になる生だけが
他の生の真似をしない
二十歳の高朱蒙《コ・ジュモン》（1）

*

去年の夏　戦車が通ったところに
今年の秋は　イワギクの花が咲く

*

謙虚さよ
港に戻って来る船
傲慢さよ
港を離れる船

*

もみじの横に
山いちごがある
山いちごの横に
くぬぎがある
くぬぎの横に

私の妻もいる

＊

独楽が回る
昨日未堂《ミダン》(2)が死んだ
今日　近所の呉《オ》じいさんが死んだ
どうして死が一つや二つだけだろうか
子供の独楽にたくさんの死がぐるりと取り巻いている

『瞬間の花』(二〇〇一年)

（1）高朱蒙　高句麗の始祖（在位、BC三七〜BC一九）で「東明聖王」と言う。卵から生まれたという高朱蒙は一人さびしく成長して七歳にしてすでに弓を上手に射るなど聡明だったため、七王子や多くの臣下たちに狙われていた。そこで母親の意志に従って遠く離れたところへ避けて、BC三七年に国を建て、国号を「高句麗」、姓をコ（高）とした。その後、朝鮮半島と満洲地域にまで至る巨大な帝国を形成した。

（2）未堂　徐廷柱（ソ・ジョンジュ　一九一五〜二〇〇〇）の雅号。全羅北道高敞郡生まれ。「生きている韓国詩史」、「詩仙」と呼ばれ、韓国現代詩の第一人者として活躍した重要詩人。第一詩集『花蛇集』（一九三八年）は有名で、作品は愛誦されている。しかし、日本植民地時代末期に、生計のため親日文芸誌『国民文学』の編集に従事し、翼賛詩を作ったため批判を受けた。彼の詩集は、英語、フランス語、中国語で出版されている。邦訳は、金素雲ほか訳『未堂・徐廷柱——朝鮮タンポポの歌』（冬樹社、一九八二年）、『新羅風流』（角川書店、一九八六年）などがある。

（3）カギャゴギョゴギョ　ハングル音表の最初の列。日本語の「あいうえお」に相当。

Ⅵ 詩は誰なのか

ある日は
お客さんかと思いました
ある日は
主人かと思いました
こんな歳月
煙突
噴き上げる煙を夢見ました
今日もわかりません　詩が誰なのか
ことば

初めは闇の如し。文学の道四十八年、これほど手に余るとは知る由もなかった。

路傍に落ちていた詩集

十里（日本の一里）の新作路（植民地時代につくられた自動車が通れる新しい道）を通学する一人の中学生は夕暮れの路傍に落ちている詩集を拾い上げて家に帰り、夜が更けるまで読んでいると全身が泣き声で満ちあふれ、詩人になりたくなった。幼い蛾がクモの巣にかかったのである。その中学生の夢は戦争が多くのものをなくしてしまった後に実現した。一九五〇年代、山野の半分以上は焦土と化し、都市はほとんど廃墟になり、そこに崩れ落ちた壁石の端切れのように生き残った者たちに未来など何もない、そんな頃だった。何もかも新たに始めなければならない状態で、あちこちに掘っ立て小屋が建てられた。いつも風が吹いていた。私は二十五歳の詩人だった。

私がその時まで持っていたものは、言語に対して何の自覚もない絶対貧困の感受性だけだった。霊感はあまりにも頼りなかった。いや、詩学や作家意識のいずれにも足を踏み入れたことがない迷子あるいは孤児に違いなかった。

ただ詩の可能性だけで全身が震え、それゆえ現実世界の灰色の風景は逆に私にとって背を向けられない運命の場所だった。

存在の故郷としての言語

こうした場での体験は植民地時代の落し子である私に母国語をタブーにした生き方が世の中に存在したのだという事実を思い起こさせた。

漢文の書堂《ソダン》〔漢文を教えた寺小屋のような私塾〕をやめて遅ればせながら国民学校の一年生に入学すると、運の悪いことにそれまで正規科目だった〝朝鮮語〟はなくなってしまい、日本語が〝国語〟になっていた。学校だけでなく家でも日本語を強要する〝国語常用〟へと追い立てられた。

私は国民学校入学前に書堂で親しんだ漢字と学校の日本語に加え、幼い頃に村の作男から学んだ〝諺文〟を会得していた。子供が読んではいけない小説『よるべなき青春』をすらすら読み、その小説に出てくる敦岩町《トナム》という電車の終点や主人公が和信《ファシン》百貨店で買った贈答用の灰色の財布の類いが脳裏に刻まれた。

これは詩経・国風の「誰が黄河を広いと言うのか、葦一本で渡れるものを（誰謂河広　一葦杭之）」の類いの一節を暗記していたのと似たりよったりである。

これに加えて教科書の中の日本の童話から桃太郎と浦島太郎、日露戦争時の陸軍は乃木、海軍は東郷が新たに私の体内に刻みこまれた。

日本帝国主義の初期、朝鮮の主権や主体を奪うものとして植民地政策が進められた。当時、朝鮮の言語と文字は自治の象徴として一応残されていた。ところが、主体を喪失したら、その主体を代行するものが叙述主体だという事実と、その叙述主体が失ってしまった主体をいつかは復元する力の文化的エネルギーであるという事実も確認されたのだろう。

民族を定義する場合、まず第一にその民族の言語の有無が問われるが、狂気の植民地統治では当然朝鮮語と朝鮮文字は除去すべき最後の主体の遺産だった。

こうした朝鮮語抹殺政策とともに強行されたのが創氏改名である。すべての朝鮮人に朝鮮語の名前を日本名に変えることが植民地朝鮮を日本化させる核心でもあった。李光洙《イグァンス》は自ら日本名に変えた後の喜びを文章にした。国民学校の一年生だった私の名前は高林虎助だった。

言語が人間の主体記号だという事実は、植民地において母国語がどのように冒涜されるかを物語るとともに、言語が人間存在の故郷だという思惟をも要求する。例えば、ダンテが死刑を宣告された政治亡命者として祖国を離れた身でありながら、亡命先で『神曲』をフィレンツェ語で完成させたことはラテン語の普遍性を堂々と拒絶したという意味がある。彼は祖国の言語を通じて祖国への政治的帰依と形而上、そして彼の詩世界を同時に実現させたのである。

国文学徒ではなく詩人

韓国文学において漢文学とハングル文学の対抗意識は長い間続いた。そのため、詩は唐辞に括って歌は郷語に配列するという伝統は、朝鮮が主権を奪われる時代の近代文学以前まで続いたのである。古代の郷歌《ヒャンガ》と中世の民謡はその当時、詩歌を意味する文学としての詩ではなく音楽としての詩歌であった。

近代文学の状況が植民地化とともに進んだことにより、それ以前の文学の伝統は社会と実質的に断絶する。

戦争体験は私の文学環境であるこうした植民地時代の文学と解放後の文学を古びたものに感じさせるに余りあった。一九三〇年代のモダニズムはより一層支配的な徴候を現わし、それ以前の近代詩の律調は自然発生的な土俗に見えるほどであった。しかし、一九五〇年代のモダニズムは都市生活者の情緒と時代の憂愁を未熟ながらも獲得したが、高い段階の文学的成熟には達していなかった。

のみならず、他律的な近代状況に対する主体の対応は、植民地被圧迫民族の自己発見と自己表現の形象化がいかに一貫しているかに左右されるが、ここに分断の悲劇が介入している。

戦争後、まるで古代の穴居部族のように再び暮らしはじめたごとく、文学にも始まりがあるべきだった。その当時、最も魅惑的なものはゼロだった。だが、文学というものはある時期と時期を境にして切れるものではない。いかに新たな始まりとはいえ、継続されるのが常である。だから、今日が紀元前の黄河流域の民謡やホメロスの叙事の展開から完全に孤立しているわけではない。

さて、私にはこれといった文学経験の機会がなかった。解放後の韓国文学は日本語が立ち去った場に朝鮮語と朝鮮文字がその正当性を回復したという幸せ以外、私は井邑詞《チョンウプサ》（作者未詳。

現在、歌詞が伝わる唯一の百済歌謡。行商に出た夫の安全を祈る内容〕と李齊賢《イジェヒョン》〔一二八七～一三六七年。高麗の文臣で学者、詩人。『益齊集』〕、丁若鏞《チョンヤギョン》〔一七六二～一八三六年。朝鮮後期の文臣、学者。『経世遺表』、『牧民心書』〕や金素月《キムソウォル》と李箱《イサン》について何も知らなかった。

要するに、古代と中世の詩歌や漢文学、また大学の学部で習う国文学分野のどこにも私は一度も属したことがなかった。詩人というものは、そうした人文学的束縛から離れた自由、それ自体であると考えるようになってようやく、私自身が国文学徒ではなく詩人だという事実を発見したのである。

私の詩は流れ

覚醒は詩の以前にはなく、詩を書く様々な過程の試練によってのみ可能になる。あえて言えば、体験的詩学こそが私の任務だった。ここでいう体験とは常に想像の同意語であらんことを願う。

一生涯言語の一部を酷使することで私は詩人であろう。この事実は希望でもあるが、時に絶望でもあった。言語は言語の絶望かもしれない。

近代法学でいう言語の不明瞭性や言語が事物の本質を引き出す唯一の行為か否かをめぐる苦悩にもかかわらず、私はすでに言語なしには存在できなかった。

いや、若き日の十年間に経験した言語と断絶した状態、文字が否定される状態の禅と私の言語は幾度かの葛藤の末に、その葛藤の力を失ってしまった。古代の元暁《ウォンヒョ》（六一七～六八六年。新羅の華厳宗の僧）の〝離言〟と〝依言〟の調和が、私には一つの帰還になってくれたのかも知れない。

夜の雨音を一人聞いているように、私はそうした過ぎし日によってもう少し下りていく。私は水が流れはじめる上流から下流へと目を移す。それで、あの海に吸収されることによって私の不在が実現されるまで、詩は流れ流れていくだろう。

それゆえ、私の詩は流れである。この流れが時おり岸辺にぶつかったり、闇と光を受けて跳ねるとき、律動を作りだすこともあるだろう。それゆえ、私の詩は響きである。一九八〇年代後半、私が外国紙（『ニューヨーク・タイムズ』紙）とのインタビューで、詩は〝歴史の音楽〟だと語ったのは、〝歴史〟以上に〝音楽〟をより強調するためであった。

詩は目の文献学ではなくて耳の文献学の対象になる時、一層本質的なのかもしれない。だから、テキストとしての詩は符号であり、音声としての詩が生命なのだと強調しなければならない。おそらく響きというものは、こうした詩の歴史でも振動するものだろう。

にもかかわらず、私の響きは自由放任や超現実主義の自動記述または東洋画における墨のにじみのように偶然に依存する時がある。何編かの漢詩を書いてみたことがある。七言絶句だった。

その他には一編の平時調《ピョンシジョ》〔朝鮮の定型詩で三章六句からなる最も基本的で代表的な形式の詩〕も書いたことがないので、詩の外形に秩序の原則を適用したこともない。イメージとしての思考が詩なら、それはすでに一つの体制であるに違いないのだが、私の詩はある場合は内在律にも身の毛がよだち、その崩壊に突き進んだ。

古代の漢詩に背負わされた定型の詩法が統治者の支配装置としての規律と関連した点で、私はその反抗児であろう。だが、詩人は根本的に詩という生命体の内部で自在である。

詩の任務

今や、そうした詩の行路も信じることができない。自由詩はより自由を願う。詩の厳格な自己形式を手放してしまった時代、古典的な意味では詩ではないものもいくらでも詩になっている。

そのため、詩は誰も定義することはできないし、誰でもいくらでも定義することができる無限の生命体でもある。たとえ大田《テジョン》駅構内の多くの線路の一つに止まっている長い貨物列車の互いに異なる列車番号が到底詩にならない記号ではなく、すでに詩になってしまったことで詩の生命というものはまさに記号の死にあると叫んだとしても、いかなる詩論をもってそれに反駁できようか。

この点で、私は詩を一つのテキストとして語る最近の現象を謝絶する。テキストになる詩はこの世にない。詩は机の上やインターネットの画面に停止することはできない。いや、本質的に詩は詩集の中にもありはしないのだ。

宇宙と長い時間の中の空間が、まさしく詩の舞台である。だから、どんな小さな恋歌や挽歌も宇宙の詩なのである。それゆえ、詩は世の中の公的な任務に忠実でなければならない。共感というものは個人と個人の間の一次元を超える。だから、私は古代の詩以来の韓国詩の症状でもある個人的情緒の排泄を折々軽蔑する。詩の中の話者というのは、直接詩人が詩の中に入っていって自らの口寄せをするものではない。真の話者なら神霊が乗り移ったムーダン（巫女）となって外の人の魂魄と魂魄をつなぐ公的な通路になるだろう。

それゆえ、詩人は最小限の言語で最大限の普遍を行う冒険者である。とはいえ、詩人に虚空の中から素材をもってこいとはいわない。詩人自身に付与された周辺や状況から得られる具体的な体験の素材を、その私小説的な切実さから世界のすべての状況の要求に反映させねばならないだろう。私は犬が小便することを歌うが、私が小便することは歌わない。

詩の中の話者は、時に集団の話者にもなり、代表の話者にもなる過程で、すべての私は公と無関係ではなく、その公が私を妨げる障壁であってもならぬという、その公私一如がすなわち詩の風貌であろう。

星が飯となる切実さ

文学の前史としての記憶が私にはまだ残っている。もし私が文学の道を歩まなかったなら、その記憶は過ぎし時代の片鱗でしかなかったろう。

五歳の頃、初めて火事を見た。真夜中の風の中で、私が生まれた四間ほどの農家とその後ろの竹やぶが火だるまになって燃え上がる光景だった。村人の水桶での消火作業ではどうしようもなかった。翌日灰の山に変わり果てた私の生家に廃虚を見た。この火災と廃虚が、私の意識の中に最初の位置を占めた。

十代後半の朝鮮戦争による国土全体にわたる廃虚に、それが重なる場合が私の心象風景によく起きた。一個人の記憶はそれとして閉ざされず、ある歴史的災いに有機的に接続し、また一人の詩人にあるべき幼児体験とその後の精神的外傷の内在化への寄与は接している。

これとともにもう一つの記憶がある。やはり五歳の頃だ。私はおばに背負われていた。夜だった。ほとんどの村人が米の生産者であるにもかかわらず、米を地主と官庁に供出した後は飢えが続いていた。夏の麦の収穫も同様だった。

満洲産のトウモロコシが配給されたが、その大部分は腐っていた。それを粉にしてお粥を作るのに入れる海辺の干潟のマッナを採ってこなければならなかった。母は明け方に出ていって萬頃江《マンギョンガン》の岸でそれをむしってくる。採りに行くおばさんたちが多いので竹かごの半分ほどを満たすのは一日仕事だった。そんな母が夕方まで帰ってこなければ、暗闇の中を垣根の外に出て待っていた。おばに背負われて私はお腹をすかしていた。

その時初めて夜空の星を見た。幼子に宇宙の風景が初めて入ってきたのだ。だが、私には星は空がぶら下げた実に見えた。だから、「星を取って、星を取って」と泣きながらねだった。星を飯だと思った最初の間違いこそ、後に星を夢に歌う詩人の虚ろな始まりだった。

長い間この記憶を胸の奥にしまっていた。それは誰にも見せたくない羞恥の一種だった。

一九七〇年代にいたり、私の文学に新たな変化が起こった。その時まで、いかなる政治も社会問題も私の詩的虚無に入り込むことはできなかった。だが、文学はとうてい現実と絶縁できないということを悟った。政治から隔離されることで、かえってその政治に忠誠を示す現実逃避の悲しい肖像も見るようになった。また、腹をすかした子供の前で文学が何かを問わねばならず、独裁の前で文学とは何かについてまじめな模索がなければならなかった。その時、腹をすかせた人には星が飯に見えたあの切実な現実こそ、星を切実な夢として歌うことだと確信した。それで、飯と夢が星を通じて一致する、あの恍惚たる昇華も確信するようになった。

万一こうした七〇年代がなかったなら、私の文学はどちらか一方の谷間で一滴の血も流さずに血の泣き声をあげるホトトギスの夜で終わってしまっただろう。純粋という迷妄と参与〔アンガージュマン〕という教条は、それらすべてを超えて新たな生命力を発揮する文学の逆説的な二つの指標である。

だから、私の文学の進路は現実と現実を超えてあるものという二つの場の相互の交響であり、インドラ・ネットワークである。それでこそ、参与は私の新たな広野だった。

虚構は現実を探究する

私は家族と故郷を想像の世界に再構成しなければならないほど、それは私の情緒の条件として貧しかった。例えば、ゴーリキが幼い頃に経験した様々な不幸な事実は想像を超えるものだが、私の幼年期はどうしても想像を必要とするほど困窮していたのかもしれない。虚構は事実を改造する。

私には同世代の外の子供たちにはいるはずの姉がいなかった。私に姉がいないという悲哀が十代後半の私には姉がいたという虚構を作らせた。虚構は事実に対して事実以上の実感が必要であり、事実以上の真実を引き出す化学反応を起こさなければならなかった。

虚構は発展した。病床に横たわる患者を羨ましがる異常心理あるいは病的な心理は、虚弱な身体でどうにかこうにか最小限の健康を維持する私を虚構の中の病人に仕立て上げた。少年期の私には、病人は世界の病を引き受けて病んでいるようにみえた。

特に肺結核はそうした病の文学的情緒を十分に備えていた。僻地の村でかかりやすい胃腸病以外に、私が望む肺結核の類いがひたすら気になった。真夜中に療養所の病室から聞こえる咳を、私は想像していた。

ついに、一つの物語を作った。その物語が、まさに私の文学の忌祭になった。私には美しい姉がいた。姉は肺結核第二期の私を看病して私の病は治るが、病が姉に伝染してこの世を去った。私は罪責の念と姉に対する限りない懐かしさのために悲嘆にくれ、姉の骨箱をいつも持ち歩いていたが、夜中に西部の多島海《タドヘ》にそれを投げ入れ、水葬してから入山した。

この虚構はいつのまにか私自身にも仮説ではなく、定理として肉体化された。そして、誰もこの虚構を虚構とは信じなかった。

この事実が世間に広まって、私の初期の詩を〝姉さんコンプレックス〟と把握する詩論がぽつぽつ現われるようになった。

さて、私は一九九〇年代初めに初めて総合健康診断を受けたが、レントゲンの原版を通して片方の肺に石化して固まった結核の跡があるという事実を知った。それまで何の自覚症状もなかった。咳もなかったし、喀血もなかった。暴飲と毎日二箱以上のタバコにもかかわらず、胃腸の調子が悪い以外は何ともなかった。

それなのに、あれほど望んだ肺結核の患者だったという事実が明らかになって、私の虚構と事実には何らの違いもなかったという文学的自己同一性を経験した。

想像やイメージが鏡に映る私自身の顔ではなく、現実を探求する方法であることが分かった以上、事実と現実はかえって虚構を通じて新たな事実として生まれうることに恍惚とした。おそらく人間の意識と自覚の中には、本来地下と天上の間を満たす想像を生み出す力があるのかもしれない。

私の詩と文学のすべての分野が必ずしもこうした虚構から出発したものではない。それでもこの虚構によって私の文学初期の浪漫的な虚無主義と不在、非存在、現実否定、反現実などの過程を全身で持ちこたえてきたのである。

虚無以後

文学は一作家に千篇一律の価値を強要しない。いや、いかなる変化もない、いかなる火災の心配もない引火性の低い物質のように、安心させる文学は文学ではない。だとすれば、私の文学の道はただ一筋だったわけではない。一九七〇年代初めの一つの事件との出会いが、それまでの私のあきれた生き方を受けとめることで、文学は全く別の道へと入った。その道は一気に険しくなった。

ここで後期の精神史的な意義を出発させることにもなる。その時までの十年間、私は不治の病に近いひどい不眠症から逃れられなかった。真夜中の独酌の酔いで朦朧としたまま書いた詩は言うまでもなく誇張がひどく、翌日の昼間に読む時の幻滅の痛みは大きかった。不眠症の初期には焼酎三、四本で眠りにつくことができたが、しだいに酒では症状を和らげることができなくなった。

明け方の五時頃になって雑多な夢を見ながら眠りにつけば、朝の八時前にはすでに私の霊魂は濁流の中に沈んでいた。

武橋洞《ムギョドン》は私のなじみの場だった。通行禁止時間の直前まで強い焼酎と真っ赤な辛いタコ料理で内臓は麻痺していた。

都心の裏通りの飲み屋や宿はどこも私には安らぎの場ではなかった。旧約聖書の〝青い草場〟の類いは嘲笑っていた。夜のタバコの煙でむせかえる飲み屋の蛍光燈の下、習慣的な暮らしを虐待するような酔っ払いのあの消耗な見苦しい姿に酔い醒めしている自分は、見慣れぬ仮の姿だった。

そんな場所で通行禁止時間を過ぎてしまってどうしようもない時、飲み屋の主人に冷たくあしらわれながら、何とかテーブルの上に横になって眠る日も少なくなかった。

テーブルの下には汚らしい飲み屋特有のゴミが片づけられないまま散らばっていた。新聞紙や八つ折りの謄写版印刷物の類いがセメントの床に広がっていた。ボールペンもあった。その中の一枚の紙を何気なくのぞき込むと、〝勤労者焚身自殺〟という極めて短い記事が載っていた。

その時まで私は四回の自殺未遂を企てていた。四回目は徹底的に準備した。誰かが毎日身分証明書を提示して買いためた睡眠薬一〇〇錠を私が保管しており、それを全部飲み込んだ北漢《プッカン》山《サン》の谷は人跡稀なところだが、よりによってスパイが出没しやすい地区に想定されて民間防衛訓練の作戦地域になった。

私はちょうど積もりはじめた雪に覆われたまま防衛軍に発見され、南に派遣されたスパイ容疑で調査される対象となった。もちろん焼酎に睡眠薬を全部混ぜて飲んだ私の意識は戻るはずがなかった。行き倒れとして処理される直前、作戦教官の指示により貞陵洞《チョンヌンドン》のある病院に応急患者として運び込まれた。そこで胃の洗浄を重ねた後の治療によって三十時間ぶりに目覚めたのである。友の崔仁勲《チェインフン》たちが私の手を取って慰めると、私の手は幽霊の手のまねをして応えた。

こうした自殺未遂もあって労働者の焚身自殺への関心は持続した。その関心の大きさゆえにその労働者の現実と一九六〇年代を脱した劣悪な労働環境としての社会の現実、そして分断時代の様々な矛盾に対する私の意識の回路が作られはじめた。

その時まで生きてきた世の中とは違う世の中に、私は近づいた。いや、その時まで世の中とは全く離れていたが、初めて世の中への入門が電撃的に可能になったのである。一九七〇年代には三選改憲をして延命を図った軍部独裁政権に立ち向かう運動に、現実参与文学派の同僚とともに先鋭的に加わった。一歩そこに足を踏み入れるや、手綱を解かれた馬のように私は現場に身を投じはじめた。

こうした〝身分転換〟によってあれほど私を地獄の夜に閉じ込めていた十年来の不眠症が一挙に消えてしまい、虚妄な幸せが訪れた。

しかし、私の詩はすぐには変わらなかった。詩人が詩より一歩先に急激に変わっていった。詩が後からそんな詩人を息を切らせて追いかけてきた。いわば、〝虚無以後〟の時期だった。

文学のみならず、韓国社会の内外で私は民主化運動または在野の〝要監察〟人物であり、海外では〝反体制人士〟だった。ある時は、私が文壇とは全く無関係であると見なされた。実際、その当時の文壇というものはほとんど御用的なものであり、親維新体制であり、これといった現実意識は必要のない体制の一部だった。私は神父や牧師、大学から追い出された教授、解職された記者、野党の政治指導者、除籍されたり、監獄から出てきて復学できない大学生、彼ら夜の知識人で構成された抵抗勢力と結びついていった。

そうした運動が二十年以上続いて一九八七年六月抗争に至る。六月抗争当時、私は国民運動本部常任共同代表として街頭デモの先頭で群衆を扇動する戦線に立っていた。

一九九〇年代初め、陸軍少将三人が掌握するそれまでの軍部政権が退いた後に文民政権が始まり、私は初めて「良心の囚人」として赦免され、その時まで所持できなかったパスポートが発給された。

無師僧の道

文学は現実または歴史との緊張関係を必須とし、現実は文学を限りなく使命化した。過去に私の文学の中で情緒の剰余物が余りにも多く徘徊したとみるなら、後にそれを抑制して民族、民衆そして社会に還元すべき自由と平等という生の命題を志向するようになった。言うなれば、私の文学は浪漫主義の先天と事実主義の後天が肉体化することで、その二つを超えようとしたのかもしれない。

こうした作用の過程で、民族分断や社会的矛盾を超える要求が長い対立の時代を過ぎ、相補と円融の実現を夢見るようになる。そこに高度の精神解放である華厳としての無礙が現われた。だが、文学に関する限り、私はいかなる解答も望まなかった。万一文学が完璧な知恵としての結実や成果の類いを本意とするならば、それは直ちに文学の死を意味するかもしれない。

これとともに、私の人生はいかなる諦念も不分明な和解の類いも拒否する。何か襟を正して過ぎし日々を回顧する余生のしぐさを私は最もばかばかしく思う。私に悔恨はあっても、誰かの憐憫などで自らを取り囲みたくはない。いや、与えられた矛盾の二つの力が私の運命を支えてくれているようだ。だから、私はいつもこれであると同時にあれだった。

文学は文学に始まり、文学に終わる。隠喩は私を歴史的にし、芸術的にする。そうした後、隠喩の詩体はすぐに消える。もし私の文学が政治的現実やイデオロギーの下部構造として奉仕する事態が起きたなら、私はそれと闘わねばならない。だから私は文学内でのみ自由であり、文学外の多くの落とし穴をよく無視する。社会は私の生存の場だが、同時に私の生存を無記名の細胞とする組織である。私はこうした他律にも立ち向かい、現実路線と全く異なる文学もいとわなかった。

要するに、自由は多様な表現形式で展開される。詩とともに小説と評論、そして散文にいたるまで手を広げた。時には七種類の連載ものを日刊、週刊、月刊にわたって進めていた。何たる疾走であろう。だが、そうした疾走後の寂莫たる無為はこれまたいかに燦爛たるものか。

一九七〇年代以後の私には格別に歴史が必要だった。それは解放後一度も歴史という意識体系にまともに取り組めなかった事実にも原因があるだろうが、現実が暴力的に君臨する時、その現実を克服する高い歴史意識が切実に求められるからである。

それで文学と歴史は二つの概念ではなく、一体化している。いや、歴史学は歴史叙述の根本的な任意から見ようとすれば、それは文学に帰結せざるをえないだろう。文学の範疇はほぼ総和である。それを一つの固有の定義に押し込めることはできない。

歴史とともに、私は想像を拒絶することはできない。時にはそれが耽美的でもあり、現実に対して排他的な感性として現われることもある。おそらく文学はそれらが作りだす形象の寓意かもしれない。この点で、私は迦葉〔釈迦の弟子〕よりもホメロスに傾く時がある。

人間の叙事と叙情的な鳴響が文学の最高形態に達するために、私は引き潮の干潟の中にいる多くのカニの一匹として横歩きした。

私の情熱は非儒教的である。いや、反朝鮮王朝的である。この点で許筠《ホギュン》〔一五六九〜一六一八年。朝鮮時代の文人。ハングルで書かれた最古の小説『洪吉童伝』の作者。暴政に抗して反乱を計画したとして処刑された〕の顔に私の顔が反射しないわけではない。また、私が志向する文学と生にとって過去は美しい陶土ではあっても、決して過去絶対主義には陥らない。アリストテレスが生物には祖先がないという誤りを残しておいたことは私をとても楽しくさせる。

神話としての始まりは認めるが、歴史としての出発とか、祖先の体系にはいかなる影響も及ぼせない。神々の世界は好きだが、ただ一人の絶対者は人間をあまりに従属させると思う。エマーソンが人間の造った神を力説した時、彼が属した集団から疎外された事件は、私にある種の共感を呼び起こす。

私はまた、仏教の祖師の家系や儒教の官人の家風の類いの虚像とは関係がない。いわゆる恩師は究極的には必要ない。それで、時おり辟支仏〔師や友をもたず一人山林で修行して悟りを開いた人〕を思う。今私は生まれながらの無師僧の道の上に立っている。

教祖とか中興の祖、そして権威と神秘に包まれた過去から孤児を選ばざるをえない。要するに、私は過去に従属する徒弟主義を打破したいのである。

新しい時代の文学は、文学史の後裔として営為する文学ではなく、過去という土壌の上に新たに生まれた現在という太初の文学である。教師ではなく友達の真理がはるかに真理に近く、伝統に抑えられた詩ではなく、今まさに生まれて寄辺のない詩が、その傍で生まれた詩とささやき、叫びあい、口を閉ざす、そういう水平の関係を創造的に持続させる〝合唱の文学〟になることが、私の願うところである。

また、私の文学は一つのところに止まる文学ではないこと、さすらう文学であることを望む。だから、私が夢見る涅槃は、やはり余がない涅槃よりは、住のない涅槃である。

現在は無限の過去と無限の未来の間を移動する瞬間の光彩である。

詩人ではなく詩

時おり前世が見えた。多くの前世の中で何回かは、今の私がどうしようもなくそうであるように詩人であった。今よりはみすぼらしくない日々もそこにあった。落日の充満した時間の中で誰かが泣いていた。それが私だったのだろうか。真夜中に外では雪が無言で泥棒のように降っているが、それも知らず眠れないまま自分の胸の中の響きに耐えているのだろうか。もしかすると、それは私だったのだろうか。

いや、真っ昼間だ。嘘をたくさんついた旅人が倒れた。太陽の下で母のない子供があちらで独りですくすく育っていた。国のない女が風の中で髪をなびかせていた。

冬の山中で冬眠している間に子供を産む母熊の闇とヒマラヤの白い雪の光のために目が見えない年老いた苦行者の明るさは、どちらも苦痛の遊戯だった。

いや、星が輝くのを私は獣として、アメーバとして、そして鬼神として遠くから助けてやった。そんな私の痛みを星が輝きながら助けてくれた。

多くの生は多くの関係としての因縁の中で持続した。

こうしたものが私の前世の微視史だった。私だけでなく、昔のソクラテスやジョン・ダン(John Donne)、ゲーテ、そして浪漫主義の詩人が歌った前世は、詩と現実を一つにしてくれる。そうした前世を過ぎて今の私は、より多くの来世への懐かしさで喉が渇く。わが茫然自失の水平線には鳥の声一つしない。極限の虚構は大きい。

詩人になりたかった。詩人になった。
過ぎし生と過ぎし日の時間を浪費した罪により、何とか詩人という名前一つを付けているが、これは私の選択というよりは世の中が私に課した無期囚の刑罰なのである。
十八歳の時であれ、今であれ、私の北極星は詩である。だから、誰かが私を運命の詩人と言わざるをえないと言う時にも、私は詩人として終わらないことを望む。言うなれば、詩人の果てにある詩になりたい。詩人ではなく詩！

（二〇〇二年執筆）

（青柳優子訳）

〔解説〕高銀——抒情詩の歴程

崔元植《チェウォンシク》

はじめに

高銀は長年にわたる詩作を通じて鮮やかな変身を重ね、韓国の詩史に壮観をなす詩人である。虚無の強烈な誘惑に身を委ねた登壇初期の『彼岸感性』(一九六〇年)、『海辺の韻文集』(一九六四年)、『神、言語　最後の村』(一九六七年)、そしてこれら初期の詩世界を否定して政治的前衛の詩人として浮上した中期の『文義村に行って』(一九七四年)、『入山』(一九七七年)、『夜明けの道』(一九七八年)、さらにその中期の詩を克服して新境地に達した『祖国の星』(一九八四年)以後の後期の詩——こうした変貌が彼の人生行路と深く照応している点が興味深い。初期の詩が還俗(一九六二年)を機とする狂気の放浪体験から生まれたとすれば、中期の詩は一九七〇年代反独裁民主化運動の拠点だったあの〔ソウル市江西区〕禾谷洞《ファゴクトン》に暮していた時期に、後期の詩は一九八三年に結婚してソウルを離れて〔京畿道〕安城《アンソン》に居を移してからの時期に対応している。

さて、この安城時代の一九八〇年代に彼は政治的激動の渦中を熾烈に生きながら、偉大な詩人としてそびえたった点に注目しなければならない。その秘密は何か。出出世間、この四文字にある。初期の詩が〃空〃に依拠して現象界を否定することで〃空〃の概念を実体化した出世間の境地であるならば、中期の詩はその全面的反動としての現象界、つまり〃色〃を実体化した世間の境界に縛られたものである。だからこの両者は、その表われ方は絶対否定と絶対肯定に分かれるにしても、実は根本的消極性という点で通じている。彼は安城時代に至って初めて、〃空〃と〃色〃あるいは無と有、この双方を超えて真の意味の華厳的統一に達するのである。それゆえ、私たちは一九五八年に登壇した高銀を一九八〇年代の詩人として推戴することをためらわないが、これは詩人にとって大いなる名誉に違いない。

私たちはこの推戴という語が実体化するのを警戒しながら、代表作を中心に彼の詩作の道をたどってみよう。

エロスと解脱

高銀の初期の詩は〃空〃の概念を実体化した出世間の境地であると前述したが、〃空〃に対する詩人の執着はそれだけ現象に対する強烈な誘惑に牽引されていることをも暗示する。詩人は、『九雲夢』〔十七世紀後半朝鮮社会の生活相を描いた金萬重《キンマンジュン》の代表作。仙界の性真《ソンジン》が人間界に追放されて揚少遊《ヤンソユ》に生まれ変わり、富貴を極める一方で人生の無常を感じるという内容〕の性真の世界と揚少遊の世界の狭間で引き裂かれたまま、エロチックな雰囲気さえ醸し出す。

この点から処女作「肺結核」を注意深く検討する必要がある。二つの章に分かれるこの詩の第一章をまず見てみよう。

姉さまが来て枕元に座り
わびしいパス・ハイドラジットの瓶の中に
沈殿した情緒を見ている
庭先の木蓮が割れている
一度の長い息が窓越しの空にすり切れてしまう
今日　悲しい一日の午後にも
肋骨でときめく神様が
どこかはるか遠くへ行く
今は鏡に込められた祈祷と

鳥肌さえ乾いてしまった顔
このようにすべて恐ろしい
咳は姉さまの姦淫
ひとときのシルク色の恋愛にも
わが悩ましき掛け布団の日曜日を
姉さまがあんなに見ている
いつも来るものはなく離れていくものだけ
姉さまがチマの端をいじりながら
化粧した顔の汗をぬぐう

この詩に設定されている状況は難解ではあるが、比較的明瞭である。ある春の日曜日の午後、肺結核を病む叙情的自我は布団の中で横になっている。この風景にふさわしく庭の木蓮は散り、衰えてゆく弟のために姉さまが枕元に座って看病する。ややセンチメンタルなこの場面には、なぜか罪のにおいが立ちこめている。「咳は姉さまの姦淫」で明らかなように、主人公は近親相姦に憑りつかれている。この成就できないタブーの欲望にときめきながら吐息をつき、鳥肌さえも乾いてしまった主人公は「このようにすべて恐ろしい」と告白する。ここで興味深いのは、姉さまもこの近親相姦の幻想を共有している点である。「わが悩ましき掛け布団」を見ている姉さまもまた「化粧した顔の汗」を如何ともしがたいのだろう。

この詩は、弟の自殺によって罪を犯すことから逃がれる、あの姉弟の伝説を連想させる。近親相姦をタブーとすることで動物と人間、または自然と文明の分離が成立し、それゆえまた文明が強制する分離を超えて根源的な自然と合一しようとするエロス的衝動は密かにより強烈になっていく。もしかしたら、近親相姦はエロス的活動の最高の表現形態かもしれない。

では、姉さまとは誰なのか。もちろん肉親の姉さまではない。「肺結核」のみならず、高銀の初期の詩には姉さまが多く登場するが、実際には彼に姉はいない。ここでは、密教的な雰囲気に留意すべきである。別の初期の詩「誘惑」では題詞に、次のような一節が引用されている。

この時、三千大世界は（大）水が満ちており、（大）海のようであったがゆえに……

（『大集経』）

『大集経』は釈迦が十方の仏と菩薩を集めて大乗の法を説いた経典であり、密教的要素が濃厚だと評されている。周知のように、密教は大乗仏教が周辺部に広がる過程で本意から外れ、大衆から遊離して七、八世紀に栄えた宗派である。具象的感覚あるいは直感的方法に依拠して釈迦の行動を生身の体で実現して釈迦になることを教えた。その中心的象徴である法身の大日如来は、宇宙に充満する生命の本質それ自体であるという。民間信仰を果敢に導入した密教はチベットで女性を同伴する性的行法を重視するタントラ仏教として発展したが、男女が抱擁している歓喜仏の存在はその端的な例である。この詩の第一章を密教との関連で再読してみれば、姉さまこそ〝空〟によって否定された〝色〟、それゆえにより生き生きと燃え上がる生命のエネルギー、つまりエロスであることがわかる。

では、この詩はそのエネルギーと大胆に合一する密教の教えを具象化したものなのか。おそらくそうではないだろう。この詩の叙情的自我があれほど近親相姦を熱望しても、結局咳としてしか表現できない点に留意しなければならない。むしろ叙情的自我はその誘惑にもかかわらず、強力な生命のエネルギーの前で恐ろしさに震えている。エネルギーを姉さまに設定したこと自体、〝女性的なもの〟に対する誘惑よりは恐怖の方がより強いのである。要するに、この詩は世間と縁を切って静かに解脱の道を追求した禅僧の世界に入りこんできた現実、生命、感覚が引き起こした撹乱と分裂と恐怖を生々しく表している。高銀の文学は、まさにこの沃土の地から誕生したのである。

では、この詩の第二章を見てみよう。

兄嫁は兄の話をしてくれる
兄嫁の捨ておかれた乳房を吸いながら
故郷の屏風の下に埋める
その方よりも先に知っている兄の半生
私はいっそ知らぬふりをして目をつむる
いつも旗の下にいる英雄がまぶたに浮かび
その英雄を眠らせる美人がまぶたに浮かび
兄嫁に広い農地について知らぬふりをする
私が創りあげたことは誰が引き継ぐのか
寂しくうなじに溶けていく
目元のかげりをぬぐってその方は私を見る
小さなカナリアが吐いたほどの血球を舌に転がしながら
眠たくなるほど夜が更ける
私には眠ることだけが生きることだ
そして兄の生前を忘れなければならない
どれほどたくさんの終わりがまた一つ過ぎ去るのか

兄嫁は夜の台所のランプを
私の咳音に預けていく

この第二章では、姉さまの代わりに寡婦になった兄嫁が登場する。第一章ほどの緊迫感はないが、ここでも叙情的自我はやはり兄嫁に強い誘惑を感じながらも、自ら目を閉じることでその誘惑をはねつけてしまう。なぜなのか。「その英雄を眠らせる美人」で暗示されるように、女性は男性を飲み込む魔術的な力、換言すれば、至上なるものの強烈な魅力を表象しており、叙情的自我は「眠ることだけが生きること」だと宣言する。眠りとは何か。それは真の意味の解脱ではなく、二つの世界の狭間で分裂した激しい苦痛から超越しようとする一種の自己解体の夢想である。

この詩には、彼の初期の詩に頻繁に現われるもう一つのポーズがあるが、それは英雄主義である。この詩の叙情的自我には広大な土地を開拓した封建領主のような雰囲気が強く暗示されている。こうした傾向は第二詩集『海辺の韻文集』ではより際立っている。「唐の東海岸にて」、「海辺の拾得物」、「御悲哀」で詩人は滅亡した王朝の皇帝の亡霊に、国を奪われた直後の王に、そして死を目前にした皇帝に変身する。詩人が回顧しているように、「空が裂けるほど貧しかった幼年期」(「葦を刈りながら」)と対比すれば、こうした詩的変容には出家を通じて卑賤な現実から脱出しようとしたジュリアン・ソレルの欲望がある程度反映しているように見える。一方、禅僧が追求する悟りの道あるいは絶対自由の境地は英雄や皇帝に比肩される面がなくはない。だから、詩人が青春を捧げて追求した禅僧の道あるいは男子の一大事業はエロスの侵入によって崩壊の危機に追い込まれる。このように高銀の処女作は下山の予感に満ちている。

さて、「泉隠寺の韻」は「肺結核」と興味深い対照をなす。

彼らだけで暮していたよ

谷間の下にも上にも
彼らの魂が浮かんで
風に聞こえていたよ

彼らは松風の中
空《から》の山腹

この秋　岩を選んで

泣く軒先
庭に落ちる風鐸の音に

彼らだけで暮していたよ

今　帰って来て一度忘れた後
また行きたい
彼らの魂が風に吹かれる山腹

彼らは暮していたよ　彼らは暮していたよ

「肺結核」が世間の誘惑を歌ったものならば、逆にこの詩は禅僧の世界への憧憬を詠んだものである。世俗と縁を切って枯淡の山水のように生きる禅僧を美しく描いたこの詩では、〝살데〟（暮らしていたよ）〝들리데〟（聞こえていたよ）が醸しだす独特なトーンに注目すべきだ。そこには禅僧の世界への憧憬とねじれ、そしてすでに他の世界を垣間見た、それゆえその誘惑に揺れ動

く人間は再びあの中には帰れないという寂しさまでが混じりあっている。このように、高銀の初期の詩は二つの世界の分裂の狭間から生まれた。

こうして沈奉事《シムボンサ》（沈清《シムチョン》の盲目の父。沈清は『沈清伝』（作者・年代未詳。朝鮮時代の代表的物語）の女主人公で沈奉事の開眼祈願のため海に身を投じ、後に再生する）の道が開かれる。初期の詩の中でさほど注目されなかった「沈清賦」は、詩人の天才的な想像力がきらめく作品である。

雲のごとき太鼓の音で浮かびあがるよう
印塘水《インダンス》は真っ青であれ
水と水を知る船乗りは知らせよ
時に透けて見えるあの世への道を超え
あの真っ暗なあの世の因縁も
この世に生まれた子が泣く日も
船乗りは知らせよ　わが娘の道を知らせよ
あの世なくして　どうして水があろうぞや
この世の中で最も愛しきものとなった
わが身を縛る恐ろしさよ

わが娘　蓮花のつぼみ　その中の赤子の泣き声　静けさがそうなのか
目は銀山鉄壁の暗さ　愛は明るい世の中なのか
すでに水の女房となった娘よ
水の上に降りてくる霧と一緒に
水の上に出て行け
水の上に出て行け
わが娘よ　出て行って　世の中を漂い歩け
印塘水は真っ青であれ　真っ青に泣け

この詩の叙情的自我は沈清の父・沈奉事に設定されている。詩人は沈清の盲目の父になって、真っ青な印塘水を前に「わが身を縛る恐ろしさ」で震えている沈清の投身を鼓舞しているのだ。また、沈清は高銀の初期の詩によく登場する姉・姉さま・兄嫁など女性的なもの、あるいはエロスを象徴しており、詩人は彼女たちをまとめて滅亡の海にいかなる復活の約束もなしに水葬する。この点でキム・ヒョンが、「高銀の想像的世界は常に死を同伴した海、いくらあがいても抜け出る道がなく、克服もできない滅亡の海において完結する」（「詩人の想像的世界」、一九七二年）と指摘したのは興味深い。『九雲夢』の揚少遊のように黄金の木の魅惑的な生へと突き進むこともできず、性真のように墨染めの世界へと復帰することもできない詩人は、娘を売って刑罰のように命を繋いでいく沈奉事の悲痛な生を選択した。

「肺結核」「泉隠寺の韻」「沈清賦」で代表される最初の詩集『彼岸感性』の色調は、第二詩集『海辺の韻文集』でもほぼ維持される。ただ、現実がより直接的な形で現われる作品、または句節が増加する傾向が多少注目される。「韓国待人詞」のように、当時の政治的現実について直接言及した彼の初期の詩では極めて例外的な作品がある。そうかと思えば、出家以前の自分の貧しかった少年期を回顧する「葦を刈りながら」のような作品もあり、彼岸感性の中に現世の感覚が蠢めいている。例えば、「郷愁」を見てみよう。

空の下　ふるいを手に
わが知恩の昔を　えりわけるとはいえ
みな　名残惜しい風　怖くなり
いかほどか　夕焼けを買い
そうして　憂いを　あたかも
雨宿りして　息つくように
目を閉じて　そして見よ

この　わが幼き日の夕暮れ
二重《ふたえ》の虹の　真ん中よ

この詩は表面上の華やかさにもかかわらず、なぜか深い悲しみがにじんでいる。その悲しみの正体は何だろう。ここで私はこの詩の題詞「諦聴諦聴」(『観無量寿経』)に注目する。「諦聴諦聴——詳しく聴きなさい、詳しく聴きなさい」だが、何を聴けというのか。『観無量寿経』は極楽浄土の荘厳さを心の対象として観察する方法を具体的に説く経典だが、この経典の出現にはラージャグリハ(王舎城)の悲劇があった。ラージャグリハのビンビサーラ王は王子のアジャータシャトルの反逆によって王位を奪われ、七重の部屋に閉じ込められた。死の危機に瀕した王のために王妃ヴァイデーヒーが入浴して体に蜜を塗って入り、王に食べ物を捧げると、これに憤怒したアジャータシャトルは母であるヴァイデーヒーまで閉じ込めてしまう。この悲劇は釈迦の親族であり、弟子であるデーヴァダッタの謀略に由来しており、結局デーヴァダッタはアジャータシャトルの後押しに力づけられて釈迦を追い出し、その教団の掌握を謀った。『観無量寿経』は、王舎城の悲劇に同病相憐れむ釈迦が悲嘆にくれる王妃ヴァイデーヒーの傷ついた霊魂を慰めるために説法したもので、特にヴァイデーヒーの切実な祈りには今日でも胸に迫るものがある。

仏様、私が前世でどんな罪を犯したためにこのようにたちの悪い息子を持ったのでしょうか。仏様はまた、何の因果でデーヴァダッタのような者を親族とされたのでしょうか。私のために憂いなき世の中についてお話しください。私はあくどくて汚いこの世を捨てて、そちらで生まれとうございます。この世は地獄・悪鬼・畜生で満ちており、悪人であふれております。次の世では悪い話を聞かず、悪い人とは会いとうもございません。私は今、心の底から懺悔いたします。太陽であられる仏様、私に清浄な業で成就した世界をお見せください。

こうした文脈で「郷愁」を読み返せば、その悲しみ・悔恨の正体がボンヤリと浮かび上がる。それは何よりも、釈迦の道に従っていた当初の誓願から外れて引き裂かれたまま漂う現在の自分に対する呵責である。詩人は自らをデーヴァダッタになぞらえているのではないか。さて、ここにはもう一つ別の次元が複合しているようだ。「この　わが幼き日」から推測されるように、それは出家以前の世俗との縁である。アジャータシャトルが父母を閉じ込めたように、沈清が父を捨てたように、詩人は父母を捨てて出家した。沈清が船乗りに体を売ったのは孝のためだという倫理的装いにもかかわらず、父を捨てたのは父に象徴される卑賤な現実から脱出しようとする内面の欲望に吸引された面があることは否定できない。

彼の初期の詩は概ねそうだが、第三詩集『神、言語　最後の村』には特に死の雰囲気が立ちこめる。

どうしても私は美しさのために　死ななければなりません　（「願い」）

あの海の冷たい絶命の時が参りました　（「西帰《ソギ》邑にて」）

はやく死んだ父の傍らに埋めてほしいものだな　（「悲しい福音」）

屈辱の生を死に　（「室内」）

このように強烈な自己解体の欲求は高銀の個人史的な道程において一時代が終わることを予告するものだが、この点で「送別」が注目される。僧・暁峰《ヒョボン》の入寂を祈るこの頌歌において詩人は、「あの冷たい根本に　一人／あなたは私の父でした」と告白する。一言もなく、ただ平常心で何の境界もない自由の境地を逍遙していた高僧の解脱を前にして詩人は茫然自失する。なぜか。詩人は肉親の父を捨てて新しい父として僧・暁峰に仕えた。だが、彼は新しい父からまた必死に脱出した。「肺結核」以後の初期の詩の激烈なドラマとは、父に対する背反の歴史ではなかろうか。この詩はまさに、出家後の詩人の霊魂を強力に支配していた僧・暁峰との総括的な惜別の礼である。詩人は念を押す。「今や私は私なりに別の同行者を一人得なければなりません」。それでも、無情ではない。

ただ望みます　一人で
どこかの山腹の　宴の外にいて
この世の娑婆世界がよろしければ　一番客で　ぷつぷつ雨にあたっておいで下され

何と暖かな終わり方だろうか。詩人はついに大いなることをやり遂げた。父を否定せず、といって父に追従もしない真の息子の道に気づいたのである。この詩こそ、高銀の初期の詩と中期の詩を分かつ里程標に違いない。

政治的前衛

詩人・高銀は一九七三年に反独裁民主化運動に参加するが、その後は文学運動と社会運動でほぼ唯一の仏教界の代表だった。まるで植民地時代に韓龍雲《ハンヨンウン》（一八七九〜一九四四年）がそうであったように。

第四詩集『文義村に行って』は彼の詩的道程が新たな段階に達したことを証言しているが、彼自身もこの詩集の後記において中期の詩だと明言している。何が変わったのか。「私はもう少しわが時代の凄絶な清進洞《チョンジンドン》で右往左往するだろう」と宣言しているように、彼の還俗発表は一九六二年だが、今や本当の意味で還俗した。性真の世界と揚少遊の世界の狭間で墜落していた詩人は断固として二つの世界を拒否して現実、それもその核心に復帰した。では、詩人は仏教を捨てたのか。捨てたのではない。それもまた仏教的な実践である。「衆生が心痛めるならば、菩薩も心痛める」と看破した維摩居士の仏教、つまり衆生の苦痛を糧として衆生を身請けする在家仏教——僧侶の仏教ではない——の道に立ったのである。この点で、この詩集が「鍾路《チョンノ》」で始まるというのは象徴的である。

ここで押さえておくべき問題がある。彼は一九八三年に『高銀詩選集』を刊行して既発表の作品、特に中期の詩を大々的に改作したが、時には原作の味わいを損なったものもある。例えば、「殺生」を見てみよう。

①親も子供も切れ
これもあれも　あれではないものも

またどんなものも
闇の中の刃で　切ってしまえ
次の日の朝
天地は死んだもので積みかさなり
我らがなすべきことは　それらを一日中埋めること
そこに新たな世をつくること

②親も息子も友も切れ
会うもの
闇の中の刃も　切ってしまえ
次の日の朝
天地は死んだもので積みかさなり
私がすべきことはそれらを埋めること

①は改作で②は原作だが、私の判断では改作は改悪である。もちろん、改作を通じて原作の意図が一層明らかにはなったが、その代価として改作は散文に堕してしまった。特に、「そこに

新たな世をつくること」は蛇足である。〝切る〟というのは否定であり、否定は肯定の母ではないか。原作だけでも詩人の決断と決意はより豊かな響きで読者に迫ってくる。その上、「闇の中の刃も」を「闇の中の刃で」に変えたのは、これが誤植でないなら、あまりにも平面的である。親と息子と友を刃によって切り、またその刃まで切ってしまえ、という。この原作は、達磨が喝破したように、「魚を網で捕るが、捕ってしまえば網のことを忘れてしまう。そのように言葉によって意味を知るが、意味を知れば言葉を忘れねばならない」という仏教的思惟の深い味わいを醸しだす。それに比べて改作は最後まで刃の相に疎く、それを実体化してしまった。このため、私は原作の方をとる。

さて注目すべきは、中期の詩に女性が新しい姿で登場する点である。

姉の　柳のような姉よ
会寧《フェリョン》　南陽《ナミャン》の河岸に
漂う氷塊　解けたのか
地よ　一つとして私のものではなしに　春が来て
子どもは元気で　河はどれほど深くなったのか
姉よ　あなたはどれほど地で老いたのか

言葉と心が同じでも
ここでは茫漠としているので
あなたはどれほど老いたのか
この地で生まれた者としては
こんな挨拶もむなしいが
会寧　南陽の　日暮れの河岸に
わびしい柳は元気だろうか
姉よ　柳のような姉よ
私が姉だといえば　確かに姉である姉よ

（「豆満江《トマンガン》に送る手紙」）

この美しい書簡体の詩は何よりも純真である。「北韓の女人よ　私がコレラとして／そなたの肉の中に入って／そなたとともに死んで／一つの墓に入って　我が国の土になろう」（「休戦線のあたりで」）のような、初期の詩の近親相姦と中期の詩の歴史意識が奇妙に結合した類いとは断固として区別される。もちろん「休戦線のあたりで」（原題「南韓にて」）も、健康な北韓女性になぜ伝染病を感染させようとするのか、と俗流的に解釈される詩では決してない。とはいえこの詩は、女体の魅惑という初期の詩的文法を用いて新たに獲得した歴史意識を貫徹させる、一種のグロテスクさを否定できない。

これに比べて「豆満江に送る手紙」に登場する姉は、男性を飲みこむ妖気を噴出する初期の詩に現われる女性ではない。ある人は反問するかもしれない。この詩でも女性が「柳のような姉」と設定されているではないか。確かに柳は美人の姿態、特にしなやかな腰を指す際によく使われる女性的象徴の一つである。だが、この柳がただの柳ではなく、「会寧　南陽の　日暮れの河岸に／わびしい柳」である点に注目すべきである。繰り返せば、具体的空間の中に、生活の文脈の中に存在する、それもわびしい柳である。また姉は妖艶な娘ではなく、「地で老いたおばさんである。「地で老いた」という表現は興味深い。「地よ　一つとして私のものではなしに　春が来て」で明確に現われているように、地は公平無私の世界を表象するので、姉はまさに地母神である。初期の詩ではあれほど必死に逃げようとしていた姉との合一を祈願することで詩人の統一への願いが表現された点にも、高銀の詩の大きな変化がはっきりと読みとれる。

こうした変貌は「乙巴素《ウルパソ》」にも見られる。この詩は、初期の詩「愛馬ハンスとともに」と比べると読み応えがある。「蝿がかじって食べた傷跡だらけのハンス」に乗って夜明けに疾走していた詩人は、この詩では「ケガをした馬乙巴素」に乗って「あわてずに」夜道を行く。前者は息がつまるほど荒々しいが、後者は温かくおとなしい。それは、馬の名が西洋式から韓国式に変わったことだけではない。煩悩・妄想を断ち切ろうとする狂わんばかりの苦闘から一歩抜け出し、詩人は煩悩が高度の菩提であることを悟ったのであろうか。その答えは「入山」にある。

万象を虚しいと言うなかれ
真なり　真なり

滅亡を歌った詩人は今や現状をあるがままに承認し、絶対否定は絶対肯定へと反転したのである。

これとともに、初期の詩に登場した沈清の形象化にも意味深い変化が現われる。「印塘水」は、滅亡の海に身を投じた初期の詩の沈清が中期の詩ではどう解釈されているかを例証する代表的な詩篇の一つである。だが、中期の詩が概ねそうであるように、この作品も詩的完成度においては物たりない。ともあれ詩人はこの作品において、沈清の投身が「父親の開眼祈願の供養米三百石／そんな奴の供養米ではなく」「のどのクモを追い出し／白いこの飯一膳の夢」によるものだったと歌い、沈清をとりまく倫理的・宗教的な外皮を取り除く。こうして、沈清は「身一つで死に／米と賃金と闘う娘」、あるいは「一八の青春　水ボトケ」「水霊方伯の首を引っかく娘」と描かれ、印塘水は「民百姓すべてが道具を手にして走りこむ戦場」へと変貌する。

『沈清伝』に対するこうした戦闘的な解釈は、この詩に鷹がよく登場することからも推測されるように、「長山串《チャンサンコツ》の鷹」伝説と関連がある。「長山串の鷹」伝説は白基晥《ペクキウァン》を通じて一九七〇年代民族民主運動勢力の間で広まったもので、黄晳暎《ファンソギョン》の『張吉山《チャンギルサン》』（邦訳、鄭敬謨《チョンギョンモ》訳、藤原書店近刊）の冒頭もやはりこの伝説によって彩られている。年に二度、夜を徹して自分の巣を壊し、黄海《ファンヘ》を越えて中国とシベリアに狩りに行く「長山串の鷹」伝説は、独裁と分断を超えようとした七〇年代の在野の知識人を広く魅了した。詩人はこの「長山串の鷹」伝説に立脚して長山串の沖、印塘水に身を投げた沈清の物語を再解釈し、彼女を民衆闘争の輝かしい前衛に引き上げたのである。

非常に興味深い解釈である。沈清は極めつけの孝行娘の象徴としてよく論じられる。だが詳細に検討してみれば、沈清が船乗りに身を売ったのはただ孝だけでは規定できないだろう。孝という封建的徳目の外皮の中で、何の希望もない卑賤な現実から脱出しようとする沈清の密かではあるが、断固たる決断を私たちは目撃する。特に、盲人の宴を通じて沈奉事が開眼するや、天下のすべての盲人が開眼したという結末には解放の祝祭という雰囲気が非常に濃厚で、『沈清伝』の社会性が無視できない水準であることをあらためて教えてくれる。とはいえ、沈清を闘争の前衛に引き上げたこの詩の解釈は果たして正しいものなのか。これまた偏向と言わざるをえない。

ともあれ、詩人は復活の希望なしに海に沈んだ沈清の魂をすくい上げ、「新しい世の中　いっ

ぱいに満ちた　新しい目」に復活させることにより、新たに復帰した現実の中で自らの位置を調整したのである。いわば、この詩は過去を否定して政治的前衛に、その厳しい場に自分を押し込もうとした詩人の自己陶冶であった。
こうした中で、一九七〇年代最高の抵抗詩の一つである「矢」が生まれた。

我らみな矢となって
全身で行こう
虚空をうがち
全身で行こう
行ったら戻ってくるな
突き刺さり
突き刺さった痛みとともに　腐って戻ってくるな

我らみな息を殺して　弓弦を発とう
何十年間　持ったもの
何十年間　享受したもの

何十年間　積み上げたもの
幸せだとか
何だとか
そんなものすべて　ボロとして捨て
矢となって　全身で行こう

虚空が大声を上げる
虚空をうがち
全身で行こう
あの真っ暗な真っ昼間　的が駆けてくる
やがて的が血を噴きながら倒れる時
ただ一度
我らみな矢となり　血を流そう

戻ってくるな
戻ってくるな

おお　矢よ　祖国の矢よ　戦士よ　英霊よ

崔斗錫《チェドゥソク》はこの詩を革命的浪漫主義と規定した（『実践文学』、一九九一年冬号）。もちろんそうした要素もなくはないが、その主張には無理があるようだ。革命的浪漫主義は挫折を知らぬ楽観主義と特徴づけられるが、この詩の全般的な色調は悲壮である。「あの真っ暗な真っ昼間」という形容矛盾が強烈に喚起する、巨大な維新独裁政権に向かって虚空を飛んでいく矢のイメージは、単線的な楽観主義とは軌を異にする。死の勢力に向かって飛んでいく矢もまた、最後は血を吐いて死んでいく。最後の連で、詩人が矢を「英霊」と呼ぶ点に注目したい。英霊は英雄的だが、悲劇的に散華した魂である。この詩は、維新独裁政権の崩壊後に到来する新しい時代を迎える喜びを歌ったものではなく、新しい時代を準備するために喜んで自分を捧げることを誓約する高貴な決断を歌ったものである。

この詩は、一寸の緩みもない緊張感が充満するにもかかわらず生命の躍動感がなく、まるで地獄の黙示録のように暗鬱な色調で私たちを虜にする。その理由はどこにあるのか。この詩には、一九七〇年代最高の民主主義者・張俊河《チャンジュナ》（一九一八〜一九七五年）の息づかいが宿っている。「統一はすべていいことか。そうだ。統一以上の至上命令はない」と宣言した張俊河は、分断体制に安住していた私たちの意識を次のように叱咤した。

私の思想、主義または地位、私の財産、私の名誉が本当に民族統一の足しにならない分断体制から享受しているものならば、私たちはこれを果敢に犠牲にしなければならない。この偉大な自己犠牲なしには、統一は決して実現できないし、これはまた新たな反逆になることもある。

（『民族主義者の道』一九七八年）

この宣言と「矢」は緊密に呼応している。新たな時代を切り開く新たな階級が不在の状況で、維新独裁政権と対決した革命的民主主義者たちが死とともに歩んだ道程を生き生きと記録している点で、この詩は一九七〇年代のリアリズム詩の魂である。もちろん最高級のリアリズムには及ばないが、その限界は実は詩人のものというより七〇年代の韓国社会にあるといえる。ともすれば、この詩の黙示録的な雰囲気は維新体制の崩壊が新軍部の登場に帰結したという、あの苦痛に満ちたドラマを予告したものといえよう。

華厳的統一

維新体制の再編過程で新軍部によって投獄されていた高銀は一九八二年に出獄する。あの過酷な冬の時代、彼は出獄して二年目に新しい詩集『祖国の星』を出版した。意外にも、この詩集には「矢」に代表される中期の詩の悲壮な死のにおいは消え、刃先鋭い全斗煥《チョンドファン》独裁の社会背景とは似ても似つかぬほど生気にあふれ、時には諧謔的でさえある。『祖国の星』以後に端的に現われる沈清のイメージの変貌を見てみよう。

昨夜の夢にも
行くことのできない鴨緑江《アムノッカン》　そのままなので
ふいと黄海に出て　さまよったものだ
黄海のど真ん中
そこで何と鴨緑江の水　連中が出会ったものだ
その水に溺れずしてどうしよう
ドボン！

チマをはいた少女　沈清は溺れてしまったのさ
三月と十日が過ぎ
浮き上がった
蓮の花一つ
それは　高麗の地三千里でなくて何であろう

（「鴨緑江」全文）

初期の詩では滅亡の象徴として、中期の詩では政治的前衛として用いられた沈清のイメージは、ここでは悲劇的なものではない。まして冷笑でもない。沈清の投身を眺める詩人の邪気のない天真爛漫さがうかがえるが、もう一つの境界に縛られていた中期の詩を、詩人はいかにして一挙に飛び越えたのだろうか。

マジョン里　子供の遊び声
それは　堯舜の時代だなあ
私は知っている
子供の遊び声が

万歳の声よりも百倍も貴重なことを
十年間万歳を叫んできた　私は知っている

（「三月」）

答えはここにある。万歳の声よりも子供の遊び声が百倍も貴重であるという逆説は、決して万歳の声を廃棄しようというものではない。万歳の声と子供の遊び声が二つではなく一つという高い悟りの境地で、詩人は万歳の声ばかりを実体化していた自らの中期の詩を自己批判する。率直に言って、彼の中期の詩は「矢」のような例外を除けば、初期の詩に対する激しい反動から険しいスローガンの詩に傾いたといえなくはない。詩人は一喝する。

弟よ
死んだもののために
厄払いだけはするな
西の山の頂を見ろ　まだ赤いなあ

（「共同墓地にて」）

一九八〇年代の韓国の詩は、光州に対する罪意識または生き残った者の羞恥の念で鎮魂曲に熱中した。だが、その中には鎮魂にかこつけた自慰の徴候も混在しており、一九八〇年の緊迫した政治的激動を全身で経験した高銀は、自らを打つ心情できっぱりとこのシンドロームを打破する先頭に立った。詩人は光州抗争で散華した若者の魂を自らの胸に埋め、今は嘆く時ではなく「この地で働くべき時」(「共同墓地にて」)であると宣言した。こうして初期の詩を否定した中期の詩を再び否定する精神的冒険を通じ、一九八〇年代の詩史において最も目ざましい高銀の後期の詩世界が開かれる。

私は彼の数多い詩集の中から一つを選ぶなら断固として『祖国の詩』を挙げる。そこからまた一篇を選ぶならためらうことなく「白樺林に行って」を選ぶ。この詩は詩人が偶然分け入った冬の白樺林での強烈な精神的交感を歌っている。第一連で詩人は、「わけもわからぬ　広々とした白樺の盆地に入っ」た時の衝撃的な印象に圧倒される。

何の関わりもなく　白樺林の裸身は
この世を正直にする　そうなんだ　冬の白樺林だけが堕落を知らない

ここで私たちは、「何の関わりもなく」に留意すべきだ。人の世の騒がしさとは関わりなく、白樺は裸のまま誠実に冬と向き合っている。この風景の純粋さ！　詩人は、抑圧者はもちろん被抑圧者も、争いの中で少しずつ堕落を分け合わざるをえない人の世の機微を見透していたので、獄中詩「花園」では「獄中生活をすれば誰でも偉大な者になるのが最も我慢できないですね」とやんわりたしなめている。詩人が一時期あれほど熱中していた世の中を相対化しうる絶好の機会を、白樺林が与えてくれたのである。

そして第二連で、詩人は白樺林に宿るウソのない悲しみ、または「自らなだめてきた泣き声」と一つになる。偶然訪れた詩人だけでなく「白樺は来られなかった人　一人一人とも　一緒であるかのよう」であり、この詩はこの点で自然と人間を単純に両断する通常の自然詩とは明確に異なる。自然は俗世の隠遁所でもなく、人の世のアレゴリーでもない。自然はそれ自体で完璧な肉体性を有しながら、人の世と深いところで照応しているのだ。

第三連で、詩人は荒々しかった自らの中期（詩）を振り返る。

いや　こんな寒い所に　ひっそりと生まれる芽や
三つ辻飲み屋の煮肉のように　おとなしくありたかった
あまりに教条的な人生だったので　そよ風に対しても荒々しかったので

「私はその雲の歴史を　歴史の中に埋めてしまいました」（「雲について」）と告白しているように、詩人は長い間激動の渦中で政治的な晩生として万歳の声にあえて自分を埋めてきた。だが、哀しみをたれ流したり、哀しみを仰々しく装ったりする術がない白樺林の「強烈な　この敬虔さ！」の中で、詩人は大きな悟りに到達する。

第四連はこの詩の核心である。

人々も自分がすべての一つ一つの一つであることを　悟る時がくる
私は幼い頃すでに老いぼれてしまった　ここに来て再び生まれなければならない
そうして　いま私は白樺の天与の冬とともに
噛んで食べてしまいたい麗しさに浮き立ち　よその家の幼いひとり子として育つ

詩人はついに人間と人間、事物と事物、人間と事物の間をつなぐ黄金の環を発見した。この発見の中で、詩人は自らの年寄りくささから解放される。李泰俊《イテジュン》が「解放前後」において「物心がつき始めてから屈辱ばかりで生きてきた人生四十年、愛の悦楽も青春の栄光も芸術の名誉も私たちにはなかった」と嘆いたように、高銀も「私は幼い頃すでに老いぼれてしまった」と告白する。植民地の貧しさ・狂気・出家・さすらい・政治闘争、この尋常でない出来事に彩られた彼の歴程を振り返れば、私たちはその告白を痛みとして直ちに理解する。

植民地時代から分断時代へと続く韓国史の苛酷な条件と対比させれば、詩人の非凡さは名誉なこととはいえ、その生の完全さが傷つけられたという点において、それは致命的な不運でもある。人は成長段階に応じた経験をつむことで完全になっていくものである。詩人は白樺林で自分が飛び越えていた歴史の幼年期を強烈に体験しながら、「噛んで食べてしまいたい麗しさ」の中で復活する。この詩は、詩人高銀の総体的な復活を意識する。詩人の生が完全さを獲得してこそ、世の中も完全に革命化しうるのではないか。

いよいよ詩は大団円に至る。

私は広恵院へと下りていく道を背に　北風の吹く七賢山の険しい路へためらわず向かった

ここではじめて詩人は初期の詩のバロックでもなく、中期の詩の政治主義でもない、双方からともに離れた本当の大詩人、仏教的思惟を借りるなら、華厳的統一の道へと臆せずに歩み出したのだ。

華厳の弁証法は四つの法界をへて完成される。第一は、事物の多様な違いだけを見る事実的表象の世界である事法界。第二は、経験的分別の世界の事物が各々孤立した実体という事法界を否定し、事物の無実体性（無我）と依他性（縁起）の理致において無差別の同一性を本質とする理法界。第三は、事法界と理法界が二つではなく一つという悟りの境地である理事無礙法界。そして第四は、理事無礙に基づいて一歩前進した知恵の究極である事事無礙法界。

先の理事無礙の認識にあっては、理と事とは互いに必要条件となりあって、不可分に結びついている。したがって個が全のなかにあると同時に、全が個のなかにある。個が全のなかにあることは理法界の段階でも考えられることだが、全が個のなかにあることは理事法礙法界ではじめて考えられることである。しかし各個の事物のなかに同一の理の全体が含まれるならば、あらゆる個々の事物は互いに同じ構造をもち、互いに一対一に対応するはずである。個と個は一対一に対応しあうことによって互いに他を含み、互いに他に含まれることになる。この関係を「事事無礙」という。（末木剛博『東洋の合理思想』講談社、一九七〇年、一九四〜一九五頁）

この観点から「白樺林に行って」を再読すれば、否定から出発して高い肯定に帰結する華厳の論理が、この詩の中で見事に花開いていることに気づく。

この詩は、高銀の詩の展開過程において貯水池である。過去のすべての詩的支流がこの詩に流入し、後期のすべての詩はこの詩から流れ出る。つまり、高銀後期の詩はこの詩に対する一種の注釈といっても差し支えない。

こうして、私たちは韓国文学史においてほとんど類例を見ない詩的想像力の大爆発を目撃することになる。彼は『祖国の星』以後二十余巻の詩集を超人的な精力で出版している。華厳的大統一を指向する詩人の長征は、今この瞬間にも止まることがない。

だが、ここにも警戒すべき点がある。「見よ、何処にも滅亡はない」（「帰国」）と宣言する華厳の絶対肯定の精神には否定の契機がほとんど消滅しており、存在するものすべてをあるがままに承認する楽天主義に傾く恐れがなくはない。すべての存在に向かってあふれ出る言葉の洪水は言葉がとぎれる境地と統一されなければ、否定の行動力が犠牲になるはずだから、私はあえてその境地に立つことを詩人に要求したいのである。

（原文初出・一九九三年）

（青柳優子訳）

［跋］「高銀問題」の重み

辻井喬

言葉を自分のものにする苦闘

高銀の詩集『祖国の星』を読んで間もなく、彼と黒井千次の司会で対談をすることになった。むしろ対談の予定が決ったので、あわてて読んだと言った方が正確である。というのも僕は彼に関心がありながら詩集の題名に違和感があって読まないでいたのだ。

しかし会ってみるととても人懐こい人柄で素直な詩人という感じが強く、あっという間に一時間半が過ぎてしまった。民主化闘争のなかで何度も投獄され、極貧と戦いながら自分の手でひとつひとつの言葉を獲得してきたにもかかわらず、そこにはわが国の宗匠的な〝詩人〟に見られる尊大な大家意識も、それと表裏一体になっている権力志向もなかった。

日本の植民地支配から解放された直後、国家が分断され、対抗上南にも軍事独裁政権が生れるという歴史の歩みのなかで、高銀は一度も詩人以外の人間になったことはなかった。崔元植によれば、高銀の詩人としての足跡は、虚無への強烈な誘惑に身を委ねた初期、政治的前衛の詩人として活躍した中期、そして『祖国の星』以後の、新しい詩境に対した後期（八三年以後）の三つに分れるという。その彼の作品のアンソロジーである『高銀詩選集』に収録されている本人の短い自伝と言える「詩は誰なのか」および崔元植の解説「高銀――抒情詩の歴程」を読むと、彼の生きて来た過程が言葉を自分のものとして発見する苦闘の過程であり、権力に対抗して人間であろうとする日々の連なりであり、それは朝鮮半島に生を受けた人の、分裂国家を乗り越えようとする歴史そのものであったことが見えてくる。

そんななかで彼がもし、感覚の微細な震え、イリュージョンの酩酊のみを歌おうと自己限定したとしたら、その時、モダニズムはもっとも醜い、歪んだ相貌を見せたのではないだろうか。

高銀は『祖国の星』の後記で、「詩人には国語の単語の一つ一つが、ほとんど運命である。私はその単語をふたたび生命として取り入れて行くであろう」と語っている。日本の植民地政策は、朝鮮半島に住む人々に彼らの言葉を使うことを禁じ、小学校教育から日本語以外の言語を追放してしまうのである。これは創氏改名政策と並んで最も非人道的な植民地支配として、いまだに国際的に記録されているという。もしかするとこのような蛮行を忘れているのは加害者だった日本人だけかもしれない。

高銀は自国の言葉を取戻すところから詩人としての努力を積上げなければならなかった。そうしてこのことは、本来詩人に与えられている役割が国民的合意として明確であったことを物語っている。そうして高銀はそのような役割を自覚した時、「風吹く日／風に洗濯物がはためく日／私はぞうきんになりたい／卑屈ではなく　ぞうきんになりたい／わが国の汚辱と汚染――」と書くのである。

やや繰返しになるが高銀のことを考える時、彼が日本の支配権力の信じ難い圧政に抗し、国民的輿望を担って自分たちの言葉を取り戻す努力の先頭に立った詩人の一人だということを前提にしなければならないと僕は思う。この基礎的な認識の上に立って、彼の詩が今日の日本の現代詩に向けて問い掛けている問題を、仮に「高銀問題」と名付けて少し検討したい。

祖国を歌えない日本の現代詩

その第一は、彼が歌い、彼が訴えているような作品を、なぜ日本の現代詩は創ることができないのか、という問題である。どうして僕らは祖国とか国を愛するとか、異性のことを作品「休戦線のあたりで」の中でのように、「北韓の女人よ　私がコレラとして／そなたの肉の中に入って／そなたとともに死んで／一つの墓に入って　我が国の土になろう」という具合に語れないのか、ということである。この対比は日本の現代詩人と高銀作品との比較であるばかりでなく、ドイツの占領下でパリの詩人たちが創った詩作品と現代日本の詩との対比でもあるのだ。

戦争が終ってからの一時期、黒田三郎の『ひとりの女に』に代表されるごくわずかの若い詩人たちが、国粋主義者の手から青春の言葉を奪い返したかのように恋愛詩を書いたけれども、それらは決してわが国の詩の大きな流れとはならなかった。国粋主義に替る商業主義が詩人たちから言葉を奪いはじめたからだ。コマーシャリズムは一九六〇年の前半から九〇年代にかけての一貫した流れであった。なぜ、この流れにわが国の詩は抗することができなかったのか。理由は明確である。わが国の詩人たちは国民的輿望を担った存在ではなかった。たとえ錯覚にせよ、輿望は所得倍増の方に集っていたのである。その中での流れは、アメリカ文化の圧倒的な影響下にあり、詩人たちも、没イデオロギー的であることによって同調が可能だったのである。

伝統拒否と高等遊民化

第二に詩人たちは伝統を拒否しなければならない、という時代認識に立っていた。その上、この伝統忌避は未完のまま弊《ついえ》たかに見えるモダニズムへの憧れに後押しされていた。明治維新以来の文化と近代についての観念性が再生産された。そうした目で見れば、祖国、愛国などという言葉に実感をもって同調することができる歴史社会認識は唾棄すべきもの以外ではあり得なかった。それはただ軍閥が支配した国粋主義の時代を想起させる言葉であった。

六〇年代に入って姿を見せるようになった大衆社会は、詩人たちにとって、自分たちから大切なものが失われ言葉が魅力をなくしてしまったことを感じさせていたが、まだ自分たちが主人公になる意識を持たない大衆社会の人々は、強い指導者を求めながら愛国者を気取る指導者には疑いの目を向けるという矛盾した心理のなかにあった。そんな人々にとって、現代詩を書く人は訳の分らないことを書く高等遊民であり、自分たちにとっての詩人とは、人生に対する教訓や慰めを分りやすい言葉とセンチメンタルな旋律で歌ってくれるシンガーソングライターなどのタレントであった。その現象はやがて若者たちの活力の高まりと共にロック調のハードなものになり、そうした時の流れのなかで、詩の言葉は痩せていくばかりであった。それでも詩人が日々汚されていく言葉を洗浄し、失われた日本語を取り戻してくれるのだったら、人々の現代詩人に対する期待は今とは異なったものになっただろう。しかし、そういう詩人は数えるほどしか存在していなかったのである。

こうした、朝鮮半島における高銀の存在と、日本における現代詩人の存在との決定的な違いが、高銀の作品と日本現代詩の諸作品の違いに投影しているに違いない。

行為としての詩作

第三に高銀は行動の人であった。それは彼の政治への参加を言うのではない。自伝として読むことができる「詩は誰なのか」というエッセイで、「朝鮮語抹殺政策とともに強行されたのが創氏改名である。（中略）国民学校の一年生だった私の名前は高林虎助だった」と彼は書く。続いて「ダンテが死刑を宣告された政治亡命者として祖国を離れた身でありながら亡命先で『神曲』をフィレンツェ語で完成させたことはラテン語の普遍性を堂々と拒絶したという意味がある」とも。高銀は運命的に朝鮮の言葉を抹殺しようとする日本の圧政と戦わなければならなかった。

「私の詩は流れである。（中略）それゆえ、私の詩は響きである。一九八〇年代後半、私が外国紙（『ニューヨーク・タイムズ』紙）とのインタビューで、詩は〃歴史の音楽〃だと語ったのは、〃歴史〃以上に〃音楽〃をより強調するため」と彼は主張する。そうして彼の行動は彼の詩の本質によって組立てられているのである。彼の詩論は「宇宙と長い時間の中の空間が、まさしく詩の舞台である。だから、どんな小さな恋歌や挽歌も宇宙の詩なのである。それゆえ、詩は世の中の公的な任務に忠実でなければならない」という思想に集約されていると言っていい。

しかし、彼の歩みはいくつもの紆余曲折を経なければならなかった。彼は虚無的な生活を捨て軍部独裁政権の延長に反対する現実参与文学の同僚と共に運動に加わる。それ以前彼は自殺未遂を繰り返し、深く仏教に帰依した一時期を持つ。彼は社会的現実に参加するようになってからそれ以前よりも更に深く歴史の奥に分け入り、そこに民族の抵抗の魂を見付ける。それは滅亡の海に身を投じた清純な少女の典型として語り伝えられている〝沈清伝〟の再解釈、年に二度、夜を徹して自分の巣を壊し、黄海を超えて中国、シベリアに狩りに行く「長山串の鷹」伝説（この件は崔元植の「高銀――抒情詩の歴程」による）を素材にした詩作品に見ることができる。

日本の現代詩に突きつけられる問い

このように見てくると、詩人としての高銀、作品としての高銀詩集が我々の現代詩に投げかけている〝高銀問題〟の奥行は深く幅は広いことに気付く。それはたとえば、今僕が書いているのは、たまたま日本に住んでいる抽象的な存在としての現代人が書いた詩なのか、日本人にしか書けず、そのことによって逆に普遍性を持っている現代詩なのか、というような問題、詩人の歴史社会への参加は詩人の内在性を通じてのみ可能になるという問題、ナショナリズムには自らの行為を情動に委ねることによって他者を無視するものと、インターナショナルな、普遍的価値を基軸とするナショナリズムがあるという思想、モダニズムは、それぞれの国のそれぞれの歴史社会の特性を帯びたモダンであってこそ、人々に訴える力を持つのだ、というような、考えてみれば至極当然の、しかし現実には日本の現代詩が曖昧にしていた問題への問い質《ただ》し、という性格を持っていることに気付くのである。

訳者あとがき

高銀《コウン》は、韓国を代表する世界的な詩人である。一九五八年の詩壇へのデビュー以来、約半世紀にわたって、詩作と共に、長編小説、随筆、評伝、自伝など多彩で精力的な創作活動を展開し、その著作は一三〇冊を超える。一九七〇年以降は、文学活動と共に、民主化統一運動に積極的に加わり、抵抗の精神的なシンボルの役割を担う。日本以上に詩が親しまれ、詩人が尊敬される韓国にあって、いまだその発言は大きく注目され、韓国国民であれば、知らない人はいないような存在である。

海外での評価も高まり、詩を中心としたその作品は、英語、フランス語、ドイツ語、イタリア語、スペイン語、中国語、スウェーデン語、チェコ語に翻訳され、またノルウェー語、ロシア語、デンマーク語でも翻訳出版が企画されているという。文民政権下となり、それまで所持が許されなかったパスポートを取得してからは、国外での朗読会や講演なども精力的に行うようになり、ここ数年は、ノーベル文学賞の候補としても注目されている。

日本でも、高銀の名は、金芝河《キムジハ》とならんで、一九七〇年代から知られるようになり、さまざまなアンソロジーや論文集で取り上げられている。だが個人詩集は『祖国の星』(新幹社、金学鉉訳、一九八九年)しか邦訳出版されていない。

そこで、この度、高銀の第一詩集から最近の詩集に至るまで、全詩業のおよその歩みが分かる〝詩選集〟として本書を企画した。社会派の側面だけではなく、僧侶出身詩人としての内面的葛藤、生死を見つめる哲学的思索、さらに、後年の世界的視野を持つ文明への問いなど全体像を明らかにしたかった。韓国風土に培われた感性や独自の芸術的表現も味わうことができるよう努めた。初めて接する読者にも親しめるよう、韓国文学研究者にも役立つよう幅広く充実した内容を心がけた。

『高銀詩選集』制作が具体化したのは、二〇〇五年五月三〇日に藤原書店より刊行した高銀と日本の詩人、吉増剛造の往復書簡・対話集『「アジア」の渚で――日韓詩人の対話』に表された四年にわたる交流、この本の出版を記念して開かれた六月一日の早稲田大学における高銀の講演会からであった。日韓詩人による対話集を本書と合わせてお読み頂ければ一層理解と想像力がふくらみ、アジア詩の広い海に出られるだろう。

編・訳者の金應教《キムウンギョ》は、一年にわたって多数ある高銀の既刊詩集を検討し収録作品を選び、二〇〇六年九月に韓国で高銀詩人と会い、詩選定について次のような基準を申し受けた。第一、高銀詩人の重要な詩選集である『復活』(一九七四年)、『私の波音』(一九八七年)、『ある風』(二〇〇二年)、『高銀』(二〇〇三年)に載せられている詩に注目すること。第二、高銀詩人に関する論文と評論に引用されている頻度が高い詩を選定すること。第三、日本の読者が共感しやすい詩を選定すること。第四、高銀詩人自ら推奨した作品を選定すること。以上の点に留意して最終決定をし、基本的に発表時順にまとめることにした（一部例外あり）。

翻訳は、金應教がまず一次翻訳を行い、その後、佐川亜紀が一次翻訳を校閲し日本語表現として練り、注記を補充した。また、金應教が高銀詩を研究されている崔元植《チェウォンシク》教授と会い、評論を本書に収録することにした。崔元植教授の著書を邦訳している青柳優子さんが、評論とともに高銀の自筆エッセイ、序文を翻訳した。

本書出版のためにご支援を惜しまなかった藤原書店に感謝する。翻訳に最善を尽くしたが、誤訳など不十分な点についてご教示頂ければありがたい。

この『高銀詩選集』をたくさんの方が読み、高銀詩人の思想と魂に触れることを切に願う。

二〇〇七年三月

金應教
佐川亜紀

初出・底本一覧

＊（　）内は初出、〔　〕内は翻訳底本（以下はすべてソウルでの出版年）

Ⅰ　彼岸感性――一九六〇年代

歌（『彼岸感性』一九六〇年）〔高銀文学選、『私の波音』ナナム、一九八七年〕
詩人の心（『彼岸感性』一九六〇年）〔高銀文学選、『私の波音』ナナム、一九八七年〕
泉隠寺の韻（『彼岸感性』一九六〇年）〔高銀詩選、『復活』民音社、一九七四年〕
肺結核（『彼岸感性』一九六〇年）〔高銀文学選、『私の波音』ナナム、一九八七年〕
雪道（『彼岸感性』一九六〇年）〔高銀詩集『彼岸感性』一九六〇年〕
秋の正座（『海辺の韻文集』一九六六年）〔高銀詩選、『復活』民音社、一九七四年〕
喀血（『海辺の韻文集』一九六六年）〔高銀詩選、『高銀』文学思想社、二〇〇三年〕
愛馬ハンスとともに（『海辺の韻文集』一九六六年）〔高銀詩選、『ある風』創作と批評、二〇〇二年〕
私の妻の農業（『海辺の韻文集』一九六六年）〔高銀詩選、『復活』民音社、一九七四年〕

Ⅱ　文義村に行って――一九七〇年代

蟾津江にて（『文義村に行って』一九七四年）〔高銀詩選、『復活』民音社、一九七四年〕
文義村に行って（『文義村に行って』一九七四年）〔高銀文学選、『私の波音』ナナム、一九八七年〕

投網（『文義村に行って』一九七四年）〔高銀詩選、『復活』民音社、一九七四年〕

三四更（『文義村に行って』一九七四年）〔高銀詩選、『復活』民音社、一九七四年〕

休戦線のあたりで（『文義村に行って』一九七四年）〔高銀詩選、『ある風』創作と批評、二〇〇二年〕

矢（『夜明けの道』一九七八年）〔高銀文学選、『私の波音』ナナム、一九八七年〕

ある部屋（『夜明けの道』一九七八年）〔高銀詩選、『ある風』創作と批評、二〇〇二年〕

III　祖国の星――一九八〇年代

そのお婆さん（『祖国の星』一九八四年）〔高銀詩集、『祖国の星』創作と批評、一九八四年〕

ぞうきん（『祖国の星』一九八四年）〔高銀詩集、『祖国の星』創作と批評、一九八四年〕

花園（『祖国の星』一九八四年）〔高銀詩集、『祖国の星』創作と批評、一九八四年〕

港（『祖国の星』一九八四年）〔高銀詩集、『祖国の星』創作と批評、一九八四年〕

白樺林に行って（『祖国の星』一九八四年）〔高銀詩集、『祖国の星』創作と批評、一九八四年〕

リレー（『祖国の星』一九八四年）〔高銀詩集、『祖国の星』創作と批評、一九八四年〕

お父さん（『行くべき人』一九八六年）〔高銀詩選、『ある風』創作と批評、二〇〇二年〕

内蔵山（『行くべき人』一九八六年）〔高銀詩選、『ある風』創作と批評、二〇〇二年〕

通り過ぎながら（『詩よ　飛んで行け』一九八六年）〔高銀詩選、『ある風』創作と批評、二〇〇二年〕

夜明け（『詩よ　飛んで行け』一九八六年）〔高銀詩選、『ある風』創作と批評、二〇〇二年〕

風の詩篇（『君の瞳』一九八八年）〔高銀詩集、『君の瞳』創作と批評、一九八八年〕

乞食（『私の夕べ』一九八八年） 〔高銀詩選、『高銀』文学思想社、二〇〇三年〕

夕方の一杯（『私の夕べ』一九八八年） 〔高銀詩選、『高銀』文学思想社、二〇〇三年〕

Ⅳ 涙のために——一九九〇年代

台風（『涙のために』一九九〇年） 〔高銀詩選、『ある風』創作と批評、二〇〇二年〕

老いたヴァン・カオ（『涙のために』一九九〇年） 〔高銀詩選、『高銀』文学思想社、二〇〇三年〕

死体の横で（『涙のために』一九九〇年） 〔高銀詩選、『高銀』文学思想社、二〇〇三年〕

警告（『涙のために』一九九〇年） 〔高銀詩選、『高銀』文学思想社、二〇〇三年〕

ゴリアテ・クレーン（『涙のために』一九九〇年） 〔高銀詩選、『ある風』創作と批評、二〇〇二年〕

文字（『海金剛』一九九一年） 〔高銀詩選、『高銀』文学思想社、二〇〇三年〕

流星（『禅詩　何か』一九九一年） 〔高銀詩選、『ある風』創作と批評、二〇〇二年〕

酔っ払い（『禅詩　何か』一九九一年） 〔高銀詩選、『ある風』創作と批評、二〇〇二年〕

ふくろう（『禅詩　何か』一九九一年） 〔高銀詩選、『ある風』創作と批評、二〇〇二年〕

アオガエル（『禅詩　何か』一九九一年） 〔高銀詩選、『ある風』創作と批評、二〇〇二年〕

私の略歴（『明日の歌』一九九二年） 〔高銀詩選、『高銀』文学思想社、二〇〇三年〕

新しい本はどこにあるのか（『明日の歌』一九九二年） 〔高銀詩選、『高銀』文学思想社、二〇〇三年〕

ある喜び（『まだ　行かない道』一九九三年） 〔高銀詩選、『ある風』創作と批評、二〇〇二年〕

滝（『独島』一九九五年） 〔高銀詩選、『ある風』創作と批評、二〇〇二年〕

窓辺で（『ある記念碑』一九九七年）〔高銀詩選、『高銀』文学思想社、二〇〇三年〕

その詩人（『ある記念碑』一九九七年）〔高銀詩選、『高銀』文学思想社、二〇〇三年〕

小さな国々とともに（『ある記念碑』一九九七年）〔高銀詩選、『高銀』文学思想社、二〇〇三年〕

ある労働者（『ささやき』一九九八年）〔高銀詩選、『ある風』創作と批評、二〇〇二年〕

アレン・ギンズバーグ（『ささやき』一九九八年）〔高銀詩選、『高銀』文学思想社、二〇〇三年〕

ヒマラヤの鶴（『ささやき』一九九八年）〔高銀詩選、『高銀』文学思想社、二〇〇三年〕

V　ヒマラヤ詩篇――二〇〇〇年代

ソウル峴底洞101番地（『南と北』二〇〇〇年）〔高銀詩選、『ある風』創作と批評、二〇〇二年〕

休戦線（『南と北』二〇〇〇年）〔高銀詩選、『高銀』文学思想社、二〇〇三年〕

東部ヒマラヤ（『ヒマラヤ詩篇』二〇〇〇年）〔高銀詩選、『高銀』文学思想社、二〇〇三年〕

髑髏の杯（『ヒマラヤ詩篇』二〇〇〇年）〔高銀詩選、『高銀』文学思想社、二〇〇三年〕

カリブ海で（『置いて来た詩』二〇〇二年）〔高銀詩選、『ある風』創作と批評、二〇〇二年〕

瞬間の花（『瞬間の花』二〇〇一年）〔高銀詩集、『瞬間の花』文学トンネ、二〇〇四年〕

『万人譜』13-15 巻（1997）
『ささやき』（1998）
『遠い遠い旅』（1999）

2000 年代

『南と北』（2000）
『ヒマラヤ詩篇』（2000）
『瞬間の花』（2001）
『置いて来た詩』（2002）
『遅い歌』（2002）
『若い彼ら』（2002）
『万人譜』16-20 巻（2004）
『万人譜』21-23 巻（2006）
『恥いっぱい』（2006）
『万人譜』24-26 巻（2007）

■小説

『彼岸桜』（1961）〔『粉々に砕けた名前』（1977）〕
『日食』（1974）
『幼い旅人』（1974）
『ガンジス河の夕焼け』（1976）
『短編集・夜の居酒屋』（1977）
『さすらい人　寒山と拾得』（1978）
『山越え　山越え　手に負えない痛みであれ』（1980）〔『ある少年』（1984）〕
『九月病』（1988）
『三月頃の雲』（1988）
『小説・華厳経』（1991）
『彼らの平原』（1992）
『私が作った砂漠』（1992）
『旌善　アリラン』（1995）
『金笠』1-3 巻（1995）
『小説・禅』1・2 巻（1995）
『須弥山』1・2 巻（1999）

■評伝

『李仲燮評伝』（1973）
『李箱評伝』（1973）
『韓龍雲評伝』（1975）

■自伝

『黄土の息子　わが幼年』（1986）
『私　高銀』全 3 巻（1993）
『わが青銅時代』（1995）

高銀〈主要著作一覧〉 ＊2007年3月現在

■詩集

1960年代

『彼岸感性』(1960)
『海辺の韻文集』(1966)
『神、言語　最後の村』(1967)
『死刑、そしてニルバーナ』(1969)

1970年代

『セノヤ　セノヤ』(1970)
『文義村に行って』(1974)
『入山』(1977)
『大陸』(1977)
『夜明けの道』(1978)

1980年代

『祖国の星』(1984)
『田園詩篇』(1986)
『詩よ　飛んで行け』(1986)
『行くべき人』(1986)
『万人譜』1・2巻（1986）
『白頭山』1・2巻（1987）
『万人譜』3-5巻（1987）
『君の瞳』(1988)
『私の夕べ』(1988)
『万人譜』6巻（1988）
『その日の大行進』(1988)
『万人譜』7-9巻（1989）

1990年代

『朝露』(1990)
『千年の涙よ　愛よ　白頭山抒情詩篇』(1990)
『涙のために』(1990)
『海金剛』(1991)
『禅詩　何か』(1991)
『白頭山』3・4巻（1991）
『街の歌』(1991)
『明日の歌』(1992)
『まだ　行かない道』(1993)
『体の歌』(1994)
『白頭山』5-7巻（1994）
『独島』(1995)
『万人譜』10-12巻（1996）
『ある記念碑』(1997)

高銀（コ・ウン, 1933～）略年譜

1933 年全羅北道の沃溝（現在の群山市）に生まれる（本名・高銀泰）。

少年時代より漢文, 古小説に親しむ。植民地時代に日本に協力した校長排斥を主導したために, 師範学校入学が取り消される。美術に熱中するが, 偶然に道で拾ったハンセン病患者の詩集を読んで感銘を受け, 詩人を志す。

1950 年, 朝鮮戦争において, 民間人による大量報復虐殺を目撃し, 精神に異常をきたす。自殺衝動を抱えながら転職を重ね, 1951 年に出家。法名一超。各地を遍歴しながら, ソウルでは仏教新聞編集, 執筆などを行い, 幹部として禅学院に入る。

1958 年, 詩「肺結核」を韓国詩人協会機関誌『現代詩』に発表し, 詩壇にデビュー。1960 年, 第 1 詩集『彼岸感性』を刊行。政治的混乱の影響を受けた宗教界の収拾に従事するうち, 懐疑を抱き, 1962 年に還俗。済州島で学校を設立し, 校長を務めるが, 再びソウルに戻り, 自殺騒動と酒乱のうちに, 旺盛に執筆活動を続ける。

1970 年, 労働条件改善を要求して焼身自殺した全泰壹の事件をきっかけに, 社会問題に目を向け始め, 民主化運動, 労働問題に積極的に関わり, 国家機関による連行, 逮捕, 監禁を繰り返す。朴正熙軍事独裁政権下の 1971 年, 三選改憲反対運動に文人代表として参加。中央情報部に連行され調査を受ける。1974 年, 自由実践文人協議会を創立, 初代代表幹事を務める。1980 年, 光州事件に関連して, 戒厳司令部に連行され, 特別監房に送致, 軍法会議で終身刑が宣告される。1982 年, 放免釈放。

1983 年, 運動の中で知り合った英文学者李相華（イ・サンファ）と結婚し, 京畿道安城に居を移す。旺盛な執筆活動は, この頃からさらに勢いを増す。1985 年, 自由実践文人協議会主催「民族文学祭」の特別講演で, 南北作家共同会議を提唱。日本の知識人による招請があるも, 当局の不許可で出国不可能。

1986 年, 日本ペンクラブ, 西独ハイデルベルク大学の講演招請, いずれも出国不許可。「6・29 民主化宣言」以後, カリフォルニア州立大学バークレー校の招請で米国, カナダ訪問。自由実践文人協議会を解体, 民族文学作家会議が創設され, 白楽晴とともに副議長に。1988 年, 民族文学作家会議で南北作家会議提唱。1989 年, 南北作家会談の予備会談を開くため板門店へ向かうが, 白楽晴, 申庚林らと共に連行。その後, 安城の自宅で連行され, 国家保安法違反の疑いで拘束される。

1994 年～ 1998 年, 京畿大学大学院教授。1997 年, チベット・ヒマラヤ旅行。1998 年, 政府の許可を受け, 北朝鮮を訪問。1999 年, ハーバード大学, カリフォルニア州立大学バークレー校の招聘教授として米国に 1 年滞在。2000 年 6 月の南北会談に金大中大統領に同行, 詩を朗読。

2007 年より, ソウル大学文学部にて招聘教授として講義。2002 年にキムヨン社から 38 冊の全集が出版された。著書に詩集・小説・評論集等 130 余冊。邦訳『祖国の星』（金学鉉訳, 新幹社）『華厳経』（三枝壽勝訳, 御茶の水書房）『「アジア」の渚で』（吉増剛造との共著, 藤原書店）。

編者・訳者紹介

金應教（キム・ウンギョ）

1962年ソウル生まれ。詩人。文学評論家。早稲田大学文学部客員教授。詩集『種／缶詰め』, 評論『社会的想像力と韓国詩』『詩人申東曄』, 長編小説『祖国』, 韓国語の翻訳書『大杉栄自叙伝』など（以上ソウルで出版）。2005年大山財団外国文学翻訳基金受恵。

青柳優子（あおやぎ・ゆうこ）

1950年仙台市生まれ。「コリア文庫」代表。翻訳業。著書に『韓国女性文学研究Ⅰ』（御茶の水書房), 編訳書に『韓国の民族文学論』（崔元植著, 御茶の水書房）『統一時代の韓国文学論』（崔元植著, 藤原書店近刊）訳書に『懐しの庭』（黄晳暎著, 岩波書店）など。

佐川亜紀（さがわ・あき）

1954年東京都生まれ。詩人, 翻訳家, 編集者。著書に『死者を再び孕む夢』（詩学社）『魂のダイバー』（潮流出版社）『韓国現代詩小論集』『返信』（いずれも土曜美術社出版販売）共編書に『在日コリアン詩選集』（土曜美術社出版販売）。

高銀詩選集《こうんしせんしゅう》　いま、君《きみ》に詩《し》が来《き》たのか

2007年3月30日　初版第1刷発行©

著　者　高　銀

編　者　金　應　教

発行者　藤　原　良　雄

発行所　株式会社 藤　原　書　店

〒162-0041　東京都新宿区早稲田鶴巻町523

電　話　03（5272）0301

FAX　03（5272）0450

振　替　00160-4-17013

印刷・製本　図書印刷

落丁本・乱丁本はお取替えいたします　Printed in Japan

定価はカバーに表示してあります　ISBN978-4-89434-563-8

2006年ノーベル文学賞受賞！ 現代トルコ文学の最高峰

オルハン・パムク (1952-)

東と西が接する都市イスタンブルに生まれ、3年間のニューヨーク滞在を除いて、現在もその地に住み続ける。

異文明の接触の只中でおきる軋みに耳を澄まし、喪失の過程に目を凝らすその作品は、複数の異質な声を響かせることで、エキゾティシズムを注意深く排しつつ、ある文化、ある時代、ある都市への淡いノスタルジーを湛えた独特の世界を生み出している。

世界各国語に翻訳されベストセラーになるなかで、トルコの作家として初のノーベル文学賞受賞。受賞前、トルコ国内でタブーとされている「アルメニア人問題」に触れたことで、国家侮辱罪に問われ、トルコのＥＵ加盟問題への影響が話題ともなった。

目くるめく歴史ミステリー

わたしの名は紅《あか》

O・パムク
和久井路子訳

西洋の影が差し始めた十六世紀末オスマン・トルコ——謎の連続殺人事件に巻き込まれ、宗教・絵画の根本を問われたイスラムの絵師たちの動揺、そしてその究極の選択とは。東西文明が交差する都市イスタンブルで展開される歴史ミステリー。

四六変上製　六三二頁　**三七〇〇円**
（二〇〇四年一一月刊）
◇4-89434-409-2

BENIM ADIM KIRMIZI　Orhan PAMUK

「最初で最後の政治小説」

雪

O・パムク
和久井路子訳

90年代初頭、雪に閉ざされたトルコ地方都市で発生した、イスラム過激派に対抗するクーデター事件の渦中で、詩人が直面した宗教、そして暴力の本質とは。「9・11」以降のイスラム過激派をめぐる情勢を見事に予見して、アメリカをはじめ世界各国でベストセラーとなった話題作。

四六変上製　五七六頁　**三二〇〇円**
（二〇〇六年三月刊）
◇4-89434-504-8

KAR　Orhan PAMUK

現代文明の根源を問い続けた思想家

イバン・イリイチ（1926–2002）

カトリックの司祭として嘱望されながら、1960年代、開発主義に与する教会という制度から訣別し、以後、教育・医療・交通など産業社会に警鐘を鳴らし、多くの読者を得る。しかし、“労働”と“性”の領域に踏み込んだ結果直面したのは、もはや引き返せない段階まで浸透した経済至上主義の姿であった。

文字文化、技術、教会制度など、近代の根源を追って「歴史」に深く分け入ることを通じ、全き無力さに到達する中でなお、生きることと人と人が出会うことの可能性に対して、常に開かれていたその姿が、今われわれに語りかけるものは計り知れないほど大きい。

初めて語り下ろす自身の思想の集大成

生きる意味

〔「システム」「責任」「生命」への批判〕

I・イリイチ
D・ケイリー編　高島和哉訳

一九六〇〜七〇年代における現代産業社会への鋭い警鐘から、八〇年代以降、一転して「歴史」の仕事に沈潜したイリイチ。無力さに踏みとどまりながら、「今を生きる」ことへ——自らの仕事と思想の全てを初めて語り下ろした集大成の書。

四六上製　四六四頁　三三〇〇円
（二〇〇五年九月刊）
◇4-89434-471-8
IVAN ILLICH IN CONVERSATION
David CAYLEY

「未来」などない、あるのは「希望」だけだ。

生きる希望

〔イバン・イリイチの遺言〕

I・イリイチ
D・ケイリー編　臼井隆一郎訳

「最善の堕落は最悪である」——教育・医療・交通など「善」から発したものが制度化し、自律を欠いた依存へと転化する歴史を通じて、キリスト教-西欧-近代の最深部に批判を向けつつ、尚そこに「今・ここ」の生を回復する唯一の可能性を探る。

四六上製　四一六頁　三六〇〇円
（二〇〇六年一二月刊）
◇4-89434-471-8
THE RIVERS NORTH OF THE FUTURE
David CAYLEY